所谓伊人，在水一方

《诗经》里的小情歌

周小蕾 著

中国出版集团 现代出版社

目录

前言　我愿与君相知

今年最期待的事是出版这本写了两年之久的关于情歌的书。

十二月，寒冷冬日的清晨，我在新租的寓所，用司马相如和卓文君的故事完结书稿后，金红色的阳光点亮了卧室的窗帘脚。圣诞临近，我穿着红黑格子大衣，在瑟瑟风中看中山桥人来人往。

也记得写下书稿开篇故事的春天，在西安雁塔西路的小公寓里，我看着树梢的绿意渐浓，梨花满枝，黄水仙的浓香里，满树桃花盛开了，这慢悠悠的春天，该有娇滴滴的心情，不如写写《诗经》里的小情歌吧！

那时候我即将大学毕业，学业、事业和感情上的事让我整日奔波，频繁往返于长春、西安和兰州。在和男友屡屡为未来发展问题争执的同时，我对这本书的构思渐渐成形。很长一段时间里，它是我的寄托，所有我在现实中无法得到的，都写在书里。所有好奇却没亲身体验的，也都写下来。

我也记得图书封面发送到手机上的那天，刚过了生日，微博上、微信上都是朋友们的祝福。这两年于我来说足够幸运且幸福，这种幸福就是你无意间回头，发现过去的梦想都在不知不觉中圆满实现了。

修改这本书稿的日子也不轻松，我将它们一页页打印出来，看着自己两年来写下的文字，清楚地看到不同时期的情绪：任性，沉迷，稚嫩。心情突然像批改考卷的老师般严肃，同时又有写检讨时的羞恼和惭愧。

好在编辑 Kate 不曾催促，只说慢慢来。语气完全是韩剧里男主人公的贴切。强迫自己打开文稿继续修改的时候，渐渐看清了因为专注才有的真挚。

我世事经历不多，所以索性投身到古老浪漫的诗歌中去，旁若无人地体验那份来自古老时空的哀愁或欣喜。认真研习《诗经》第二遍的时候，突然恍然大悟，原来我要写的不仅是爱情，还有两个人如何懂得彼此。

两个人能够走在一起

喜欢是假的，爱才是真的

两个人能够继续走下去

爱是假的，珍惜才是真的

所以《诗经》之所以能经久不衰，动人的不仅因为它的文字，更有它丰富的情感动力，那种“我愿与君相知，长命无绝衰”的悸动和笃定。生活确实有其虚妄之处，大概正因如此，我们才向往爱情。

三千年过去了，真羡慕《诗经》里的主人公，他们永远不会老去。

而我也感受到一个写作者的幸运，可以通过文字享受筑沙城一般的不求结果的快乐。

这两年，你的人生里发生了什么？希望此后的两年，我有更多的故事写给你。

李　静

2015 年冬于雁滩金银岛

卷一

初见：金风玉露一相逢，便胜却人间无数

想来，邂逅本就是一个极美的词语。

我在这世间，从春花夏风看到秋月冬雪，走过江南的桥，淋过漠北的雨，在秦淮河边听过歌女琵琶，在关山外看过金戈铁马……然而都不及，在最好的年纪里，遇到一个恰好的你。

伊人如水，她有着水一般的澄澈、水一般的灵动、水一般的柔情。

在关雎鸟和鸣的春日里，伊人着一身素衣，在柔柔的水波里采摘荇菜，她身段窈窕、举止得宜，纯净的水面上荡漾着女子的倩影。她又怎知，自己便是那淘气的石子儿，掷入君子的心怀，惊皱起一湖春水。从这日初相逢，搅扰人一生清梦。

在蝉鸣喧嚣的夏日黄昏，晚霞烧红了西边天际，汉水中畅游的姑娘便是那出水芙蓉、映日荷花。她的歌声，缥缈在云里雾里、回荡在水上心上。亲爱的姑娘啊，她又怎知，自己的一举一动正在撩拨君子的心弦。小鹿一般跃动的心，从邂逅开始就不曾休息。

在蒹葭苍苍的秋日迷雾中，少年的情丝与芦花一起飘飞，绵绵情意，斩不断，理还乱。伊人如霜，那么远，远似在云端；又那么近，就在咫尺心里面。美丽的姑娘啊，她的眼波比河水还要缠绵、还要澄澈，初见便叫人失魂落魄，愿意在此一生沉沦。

而那翩翩君子，自是山巅云、树梢月，自是扶疏乔木、修竹松柏。他有他的气度和才学，有他高洁的品格和追求，自然也就成为淑女心中所渴慕的良人。多情的公子呀，是多少深闺女子的悄悄话、是多少柔美女儿梦里的他，只一瞥，便令人心甘情愿做那扑火的飞蛾。

所以爱情它本就是世间最神奇的魔法，一眼，便足以让人跌入最美的童话、最浪漫的梦境。《诗经》中那些久久传颂的篇章啊，何尝不是最经典的小情歌，歌唱着相遇、相恋和相守。从“关关雎鸠，在河之洲”到“所谓伊人，在水一方”，它写尽了爱之初心中的甜蜜与苦涩、邂逅与怀念，至今读来，仍旧让人心神荡漾。

前世多少艰苦磨难，才换来今世一次回眸，一场盛大的遇见：金风玉露一相逢，便胜却人间无数。从此以后，要把专属于你我的爱情故事好好书写。

窈窕淑女，君子好逑
——《周南·关雎》

周南·关雎

关关雎鸠，在河之洲。窈窕淑女，君子好逑。
参差荇菜，左右流之。窈窕淑女，寤寐求之。
求之不得，寤寐思服。悠哉悠哉，辗转反侧。
参差荇菜，左右采之。窈窕淑女，琴瑟友之。
参差荇菜，左右芼之。窈窕淑女，钟鼓乐之。

《诗》三百，以《关雎》开篇。

一首朗朗上口的歌诗，往往读之依然如琴曲悠扬、听来如笛音清越，千百年来流转不迭。《诗经》里一曲曲浪漫的小情歌，如灼灼桃花、如苍苍蒹葭，在古老的中华大地上处处萌芽，《关雎》亦不例外。

烟花三月，春江水暖，成对的鸳鸯在温热的河滩上梳理羽毛；芦苇尚短，嫩绿中带着一丝鹅黄，青草更青处，荡起阵阵关雎鸟和鸣之音，缠绵悠长。

临水歌会，如晨曦春花般明媚的少男少女们就在这美好的春光里相遇了，爱情随之萌芽，空气都被熏染得浪漫而甜蜜。

是谁第一眼就被那窈窕淑女所吸引，目光跟着女孩儿的脚步悄悄流连？又是哪家捞采荇菜的姑娘，美好的身姿，清亮的歌声让人一见倾心，一念沉沦？是谁在羞涩地搭讪，轻声对唱缠绵的小情歌？又是谁在别后，辗转反侧把心上人儿苦苦思念？

爱情它那么甜，胜过桃花清酒，令人闻之欲醉；可爱情啊，它又那么苦，求而不得惹人夜夜难眠。

谁说少年不识愁滋味，春风又怎可开解这为伊消得人憔悴的心绪难耐？

多想为她唱一曲旖旎的小情歌，看那娇艳的脸蛋上笑容如花一样绽放；多想就着月色竹影抚琴弄影，暂且排解这满怀的忧思愁绪；多想化作一缕杨柳清风，时刻驻足在她身边，为她抚眉展颜……

“关关雎鸠，在河之洲”一句运用了《诗经》中经典的起兴手法，“兴者，先言他物以引起所咏之辞也”；以关雎这种象征爱情的鸟儿破题，引申铺展开一首浪漫的小情歌。而与此相关最动人的爱情故事，则是一曲《牡丹亭》。

杜丽娘因在春日读《关雎》而情动，所以有了游园惊梦的动人故事，有了“生者可以死，死可以生”的至情之举，有了令人品味不尽的哀怨与凄婉。

这该是怎样一个缠绵而悲伤的故事呢？

春日雨后，空气清新且夹杂着沁心的花香，闺阁之中一派闲散舒适的景象，何况那天日头正好，暖烘烘直催人好眠。

杜丽娘倚着软榻，在锦缎上轻描着一幅海棠秋千图，后窗那棵墨绿的香樟树上也不知躲着什么鸟儿，吟唱悠然的小调。一阵暖风吹过，吹起了丽娘的倦思，她竟昏昏沉沉睡着了。

直到春香那丫头拎着点心食盒风风火火一路闯将进来，叫嚷着：“小姐，你怎么可以这个时候睡觉呢？被老爷夫人知道肯定要责怪的。”那榻上柔弱的人儿方才惊醒，酣眠之后脸颊酡红一片本就灿若芍药，此刻更是因为被人撞破而浮现出羞红来，乃至于佯作头痛之态，想以此遮掩。不想小妮子不买账，竟拿日前自己教给她的《论语》来叨念：“朽木不可雕也”，春香明快的说话声和丽娘嗔怒的骂声，一路飘出轩窗，在后花园的秋千架上欢快地回荡，这春天似乎也更加热闹了。

然而快嘴丫头终究还是惹祸了，她在夫人的追问下说漏了嘴，小姐昼寝的事被老爷夫人知晓。想那丽娘之父杜宝，乃唐朝杜子美之后，“西蜀名儒，南安太守”，晋升全靠扎实的文字功底；其夫人甄氏，“乃魏朝甄皇后嫡派。此家峨眉山，见世出贤德”。这样一个书香门第，家中又只有独女，自然是用心调教，万望她能够宜室宜家。

如今女儿娇惯，白日睡眠，实在不合礼数，夫妻二人商量后决定为她请一位老成的先生，讲些诗书训教，权且打发这漫漫时光，省得她饱暖思淫欲，起些不该有的闲思。

千挑万选，最终来杜府设帐的先生乃是一六旬老叟，诗书虽满腹，却和杜老爷是一样的酸腐学究。第一日开课讲《关雎》，竟只用“无邪”二字来敷衍，不外乎教这女娃恪守女德罢了。想那起情愫传秋波，该是何其美好的场景，古人尚知情意本是天生，是需要热烈歌咏、畅快表达的；如今这酸朽腐儒偏偏要谈虎色变，自令其蒙尘，可悲兮，可叹矣。

奈何情丝的萌发如同草木枯荣般应时而生，不知哪一阵柔风，早就在这深闺女儿的心里吹起了涟漪。虽拿“无邪”来搪塞，也止不住她情丝飘扬，感叹着古今同怀。于是在春香小丫头的鼓动之下，她第一次那么渴望出去看看外面世界的美好春光。

红杏深花，菖蒲浅芽。走着走着，在与自己闺阁相去不远处，她竟然发现了一处花园！十多年的时间里，她竟不知它的存在。

所以当她踩着落花踏上这条青石路，眼前接踵而来的一切尽显新奇而美好。这园林的布局十分巧妙，潺潺流水隐在林木之下，亭台楼阁无一不依着山势托着水形。远处的梧桐长势浓密，临湖筛下细碎的金光如许，角落的修竹亭亭果然比诗画中更加清丽，这远近盛开着灼灼桃杏，雪白梨花和如火连翘，热烈而斑斓的色块就像熊熊的火在杜丽娘的胸腔燃烧。

不到园林，怎知春色如许！

【皂罗袍】原来姹紫嫣红开遍，似这般都付与断井颓垣。良辰美景奈何天，赏心乐事谁家院！（恁般景致，我老爷和奶奶再不提起。）朝飞暮卷，云霞翠轩；雨丝风片，烟波画船——锦屏人忒看的这韶光贱！[①]

---

① 摘自汤显祖《牡丹亭》，第十出“惊梦”。

【〇〇九】

那寂寂山林里，辛夷花自开自落乃常态，怎奈何这人造的园林中，姹紫嫣红开遍也遇不上懂得欣赏的知己？可知从黑暗中萌发，集聚全身气力开出花来，是一件多么辛苦而孤独的事情。可知那一冬的沉默，正是为了一朝绽放，动人心怀。可知这正值芳年的女子正如含苞待放的花儿，满心期待有人能驻足停留、用心欣赏。

所以丽娘如此悲伤，这花儿尚有她来欣赏同情，那么自己呢？自己如此姣好的容颜、温柔的性情、玲珑的心思又有谁能懂？又将由谁来欣赏匹配？繁花尚有落尽时，谁知这如花容颜终有一日也会成为明日黄花？

侬今葬花人笑痴，他日葬侬知是谁？古时闺阁中的小女儿情怀，大抵如斯。

多愁善感情思动，恼春悲己最劳神。丽娘从这园子中悻悻而归，只觉心神俱惫，这沉重的哀思压得身子绵乏无力，不久就睡了过去。

当她看到那位翩翩少年从远处缓缓行来时，其实她也分不清这是现实还是梦境。若说这是梦境，为何他朗若皓月的眼波如此炽热而璀璨？若说这就是现实，为何这一见如故的人儿以前从未谋面？

他着素色长衫，气质儒雅，眸子如星河般深邃而璀璨。一根古朴的木簪绾起如墨的发丝，干净修长的手执着三月柔软的柳条，灵动得像握着一支画笔。他渐渐走近，径直停留在她身侧，在她耳畔轻声唤一句“小姐”。

那般情意缱绻，直教人心神荡漾，不知天地为何物，她就这样沉溺在这温柔乡，只愿长醉不复醒。

就这样向那牡丹亭旁百花深处眠，就这样轻解罗裳把缠绵的情话说遍，就这样在花神的庇护之下完成了灵与肉的交换。

他不过是渴慕佳人的年少书生，她不过是情窦初开的闺阁小姐，这春光一梦正是爱情中最无邪的那一抹甜。

这份感情纯粹如深林中汩汩的泉，这份爱情明媚如三月春色中灼灼的花，它那么美好无瑕，就这样安静地萌发，蓬勃，怒放；灿烂到让任何人都不能忽视它的光彩。

然而梦终有醒来的那一刻，既已经历了爱情中最美好的时刻，又如何能忍受梦醒时分孑然一身？如何能够承受无人欣赏无人理解的孤单？

她从梦醒时便一日更比一日思重，终陷在这哀伤悲戚中无法脱身。那一日对镜自画，看着镜中如花的容颜渐渐凋零，手中的笔墨难免重了几分。她既然天生绝代荣华，又怎舍得空自开放空自谢去？然而那梦中的有情郎，究竟何时才能走到她身边？罢，罢，罢，左不过黄粱一梦罢了。

眼看这春将暮，眼看这红颜枯，丽娘这病势愈来愈沉重，渐不能行，渐不能起，最后竟然连微弱的气息都变得断断续续了……终究，岁月已远，美人魂断。她至死都不曾等到那份专属于她的爱情。

就这样在牡丹花下睡去吧，就这样保留这最美的容颜在时光里安眠吧。那梦里的少年，那浪漫的爱情，正在朝你慢慢行来。来年春好时，这爱情定会以关雎和鸣声奏响她的乐章，柔声呼唤你醒来：

“小姐，你可知自古都是‘窈窕淑女兮，君子好逑矣’……”

翩若惊鸿，婉若游龙
——《周南·汉广》

周南·汉广

南有乔木，不可休思。汉有游女，不可求思。
汉之广矣，不可泳思。江之永矣，不可方思。
翘翘错薪，言刈其楚。之子于归，言秣其马。
汉之广矣，不可泳思。江之永矣，不可方思。
翘翘错薪，言刈其蒌。之子于归，言秣其驹。
汉之广矣，不可泳思。江之永矣，不可方思。

几乎是在读到这首诗歌的同时，便联想到了曹植的《洛神赋》，伊人窈窕，在水一方，求而不得，吾心悄悄。如果说《洛神赋》是经典的文人情歌，作者曹植极尽描写之能事，用尽所有华美的辞藻来刻画自己幻梦中所见的水神，通过文字让宓妃跃然纸上，让思念悠远绵长。那么与之相对的《汉广》便是简单热烈的民间情歌，它用最炽热的心灵呼唤着伊人，用最直白的语言唱着心中的期盼和失落。

《洛神赋》适合抚琴配乐，在星光下清歌吟哦。一个人仔细去回味那相遇的惊喜、那分离的失意，慢慢把这情绪，发酵成凄美的故事。而《周南·汉广》却截然不同，它应该是田野中同禾苗一起生长起来的民间歌谣，适合一水之隔的青年男女把心底的爱慕大声唱响。当情歌在水面回荡，便是“昆山玉碎凤凰叫，芙蓉泣露香兰笑”。

然而即便是用最简单的语言、最熟悉的事物起兴比喻，它终究还是在一唱三叹的反复吟咏中，将最细腻的情绪变化展现得淋漓尽致。

诗歌中所包含的对佳人的拳拳渴慕之情、因求而不得所生发的失落之情、由失望到绝望的孤寂之情，同样丰富饱满，引人共鸣，从这个角度来看，它丝毫不会比华丽浩瀚的文人辞赋逊色。《诗经》之所以流传千年仍被奉为经典，或许正是由于这丰厚的情感内涵吧。

曹植的《洛神赋》中有一段经典的外貌描写，比工笔细画更能塑造美人形态。他写道：“其形也，翩若惊鸿，婉若游龙。荣曜秋菊，华茂春松。髣髴兮若轻云之蔽月，飘飖兮若流风之回雪。远而望之，皎若太阳升朝霞；迫而察之，灼若芙蕖出渌波。”这一连串的比喻，用最具灵气的自然物象来描绘女子的形容。那梦中的佳人啊，一路款款行来，步伐翩跹，如林间惊飞的鸿雁，如云间婉约的游龙。你看她容光熠熠宛若秋阳下盛放的菊花，你看她身姿绰约胜似春日里挺拔的松柏，时隐时现如薄云遮明月、摇曳飘忽如清风吹落雪。远远观望，她桃花面颊如旭日朝霞般灿烂，细细打量，她亭亭玉立如芙蕖傲立于绿波之上。独此一身，集聚山水灵气日月精华，乃是自然所孕育的尤物。

让人念念不忘的汉之游女，定当如是吧。

从他记事起，他便日日在这江水边重重的山峦中砍樵，幼时跟随着父亲、长大后便独自一人，那丁丁伐木声在每一个晴朗的日子里准时响起，清越的声音飘出深山，隐没在江河里。从春日繁花到层林尽染，从夏蝉嘈杂到冬雪空寂，他的目光见证了这片山水的四季，他的足迹遍布了这片广阔的土地。

他知道哪一片山坡上的林木最修长挺拔，他知道哪一处山谷中的茅草最先干枯，他知道哪一条小路最适合负重下山，他知道名贵的药材生长在何处。那西边半坡上有一棵古老弯曲的柿子树，每年满树金黄时，南飞的鸟儿便会路过此处，他总是赶在柿子黄软之前便去摘，不然贪吃的鸟儿会一个也不给他剩下。

【〇一五】

临江的阴面山坡上，有一棵古老的乔木，树干笔直，高耸入云。父亲说在他自己小的时候，这老树便已经如此巨大了。树荫覆盖之下，常年阴湿，滋生出巨大的蕨类植物来，稠密得让人根本无法靠近，从来都没有哪个不自量力的樵夫，会去打它的主意。

对这片树林，他太过了解了，但他却始终无法判断，那随风吹来的悦耳清歌到底出自怎样一位美好姑娘之口。

近日来，他每天都能听到那动人的小曲，她歌里有灼灼桃花、有苍苍蒹葭，有一个与这深山冷水截然不同的温柔世界。可是隔着如此宽广的汉水，隔着如此浓密的森林，他仍分辨不清这声音究竟来自何处。

直到清脆缠绵的歌声夜夜入梦，搅得人不得安眠，他才下定决心要登上那群山之巅，哪怕只能望见模糊的身影也好啊。

那歌声总是在清晨日出之时唱响，所以他整夜都在密林之间穿行，所幸这月色明亮，几经树冠的阻拦依然有微光漏下来，他凭着记忆一路向上攀登。然而骤雨初歇，山路泥泞难行，纵使是一向自诩比猿猴更熟悉山林的他，也是几度滑倒。登上山顶时，早已是满身狼藉，他却只顾暗自庆幸天还未明。

汉水流至此处，可谓湍流直下并没有大幅度的转弯，所以处在这山巅，视野极为开阔，对岸那几个小村庄几乎尽数收在眼底。朝阳从他背后的崇山峻岭中一点点跃出天际，在他身后迸发出万丈金光，天晓得这个倔强汉子此刻的身影何其雄壮。

而他的目光，柔情似水，专注地盯着对岸渐渐走近的那群捣衣女。直觉告诉他，那个让人心心念念难以忘怀的声音，定是属于其中的某位姑娘。只有他知道，此刻自己心跳如鸣鼓，将这隐隐松风、滚滚流水和万千鸟鸣全都压下去了。他的灵魂早已随风飘到了对岸，一路跟随，她们叽叽喳喳的说话声、天真的嬉笑声、泼水的哗啦声此起彼伏，他却觉得万般声音穿耳过，丝毫不沾心，只等那一曲晨歌响起。

当那歌声随风一圈圈荡漾过来，他几乎抑制不住心的悸动，恨不得两肋处生出翅膀来，从这高山之巅纵身一跃，飞到那有她的水边。他眼神集聚如紧盯猎物的鹰隼，他双耳张开仿佛要囊括世间所有的声音，他精神专注仿佛在做一道生与死的选择题。然而，这距离实在是太过遥远了；这水面如此宽广，他根本就无法分辨对岸哪一个模糊的身影正在歌唱。

上天终是眷顾有情人，当浣纱的女子三三两两散去，那歌声却始终贴着水面悠悠飞扬。终于，他的目光聚焦在那抹绿光之上，那一个身着绿衣的姑娘，她一边浣衣一边歌唱，这小曲儿翻山越水，径直窜入他的心房。

他的心刚刚安定，却又突然揪起，那歌声渐行渐远，那人缓缓走出他的视线。直到此时他才确认，令自己魂牵梦萦的正是这绿衣姑娘。可为何她的脚步匆匆，不肯在他心上稍作停留。

【〇一七】

啊！他不自禁发出一声长啸，可是这树林如此幽密，这声音在林间穿行回荡，渐渐散去；那女子隐没在青青麦苗间，早已不知所踪。

汉江啊你为何如此浩瀚宽广，纵使臂力惊人也无法泅渡，纵使熟知水性也无法游到心爱姑娘的身旁。难道这就是王母划下的银河，要把有情人儿分隔。汉水啊你为何如此湍急漫长，纵使有最好的竹筏最好的桨，也不能摆渡过河去看那可爱的人儿。难道正是那相思的眼泪才化作这无休止的流淌。

自小父亲就教导他，要在繁杂的树丛中一一辨认有用的柴火，最好砍伐那柔软好烧的荆条。从懂事起母亲就教导他，要挑一位体贴能干的女子，缔结婚姻的誓约。可是这爱情它自顾自萌芽，根本就不可控制无法商量呀。她的歌声径直闯进他的心怀，停留在这儿不肯离开。在水一方的绿衣姑娘呀，你若肯嫁，少年现在便去喂马，一路驰骋来迎娶。

汉水它浩瀚宽广不可游渡，汉水它漫长曲折不可摆渡，那闯入心田的姑娘啊，至今不曾亲见她容颜；她根本不知道，在水的这边山的中间，有一位砍樵人日夜把她思念。想要与她相识相知、相伴一生，这中间的路程该是多么艰难多么悠长。你看那蒌蒿尚白嫩、马驹尚幼小，何时蒌蒿才能做柴薪？何时马驹才能套喜车？何时才能求得那心爱的姑娘？

她有“翩若惊鸿，婉若游龙”的美好形容，她有昆山玉碎、芙蓉泣露的动人歌喉，她毫不客气地闯入少年的内心，却遥远如云间星辰、缥缈如雾里山花，根本无法靠近。求而不得、吾心悠悠，谁说少年不知愁？

你看这浩瀚的江水啊如此汹涌，可知心中的思念更加来势汹汹；你看这悠悠的江水啊甚是漫长，可知心中的愁思更加不可断绝。纵使游过这汉江又如何？她根本就不知少年心中满腔的爱慕。纵使砍竹千根制成木筏又如何？再坚固的扁舟也撑不起少年心中的忧愁啊。

眼看它旭日升，眼看它夕阳落，这时光自顾自游走，从来就不会为谁停留。

那绿衣姑娘已远去，心中的爱情犹不可追寻，他步伐沉沉，一路跌跌撞撞下山。来时尚怀有最美好的憧憬，此刻却被浓厚的绝望死死笼罩。空山月色凄冷，远处惊雀腾飞，想必那姑娘已经沉睡，若是能这样闯进她的梦里，虽死何憾？

蒹葭苍苍，伊人如霜
——《秦风·蒹葭》

秦风·蒹葭

蒹葭苍苍，白露为霜。所谓伊人，在水一方。
溯洄从之，道阻且长。溯游从之，宛在水中央。
蒹葭萋萋，白露未晞。所谓伊人，在水之湄。
溯洄从之，道阻且跻。溯游从之，宛在水中坻。
蒹葭采采，白露未已。所谓伊人，在水之涘。
溯洄从之，道阻且右。溯游从之，宛在水中沚。

【〇二一】

连日来秋风一阵紧似一阵，残留多日的暑气已经消散殆尽，这日凌晨，竟蓦然降霜了。庭中曲折幽静的石板路，门前衰败的萋萋枯草，甚至连廊上质朴无华的鳞鳞青瓦，都蒙上了一层玲珑剔透的白纱。

放眼望去，茫茫的薄霜竟丝毫不逊于初雪，同样有令天地为之变色的魔力。旭日未升，凉月未落，月光之下整个世界遍染秋霜，山水、草木、人家，好像是隐没在幽幽湖水之下，湖面微微泛着银色星芒。

只是这霜一落，天气便会径直凉下去吧。

在这凉风萧瑟的深秋，万物酣眠的凌晨，远处传来的又是谁踏霜而行的脚步声？如此轻柔，生怕损坏了薄如蝉翼的霜花；又如此迟缓，仿佛有什么牵扯着他的步伐。

近了近了，那白衣少年一步步踏进月色，走出暗夜。长衫加身，却不曾整理妥帖，他神色恍惚，定是一夜辗转难眠才匆忙决定出行。也不知这凉薄的秋风，能否抚平他紧皱的眉头。

少年的目光在明月、在繁星、在寂静路旁，在枯草、在山涧、在脚下清霜。

他的目光匆匆流转，似乎要把一切都揽入视野，却又不在任何地方停留。看来他定是极熟悉这条小道吧，不知曾经走过几遭?

定是时光走得太快，昔日嘈杂的虫鸣不知何时就已歇了，曾经热烈的繁花早已开败，就连从前蓊蓊郁郁的树叶都被秋风尽数拔了去。所以少年清如水的眸子里，才会掺杂着一丝陌生，一丝怀疑。

天际微微露出一抹晨曦，他顿了脚，凝神看着草尖上逐渐融化的霜花，霜的生命何其短也，更何况还是悄然盛放在黑夜之中，等不到人们欣赏便倏然隐去了。这凝视的目光温柔又忧愁，定是在思念着自己心爱的姑娘，他们也许有过一个如霜花般短暂的爱情故事吧。

故事的男主人公自然是这深夜独行的少年，一日复一日的相思煎熬早已将他的心凝结成了坚冰，所以当冷霜打湿衣衫，当寒露侵蚀肢体，他依然这般茫然不知。那个令他牵肠挂肚的女子，曾经一定出现在这里吧，不然，少年何以从未看路，却恍恍惚惚不曾踏错一步?

这爱情的昙花曾经开放在哪儿呢?是清幽的石板路、绵延的青草地，还是那宁静的杉树林?

不，不，定是那长满蒹葭的水滨。

因为他步伐虽缓，终究是朝着河边去了。当他仔细听着流水声，眼神中竟也出现同样灿烂的光芒，如春日桃花、如西天云霞，瞬间点亮了他整个人。他定是在这流水旁、蒹葭中，遇到了一见倾心的姑娘。

那一日尚在明媚的春季，就连空气中都流动着丝丝缕缕桃花的香甜。那一天，也是在日出之前，少年扛着钓竿，拎着竹篓早早地出了门。这时节，浅水里的鳜鱼吃饱了落花，最是鲜嫩肥美。若是有幸能钓上一尾，剖净，鱼腹中填上细细的姜丝，佐以碧玉般的葱段，醇厚的陈醋，再取杉树林中那眼清冽的甘泉水，文火清蒸，定是一道绝佳的美味。

倘若再配上一杯去岁的米酒，几粒腌渍的青梅，一碟新采的荇菜，杯盏交错之间，诗情画意迸发，笔走龙蛇，写就佳作。

一路沉醉在美味的幻想之中，步子也变得轻快。穿过灼灼如霞的桃花、绿丝轻垂的杨柳，踏芳草惊落滴滴晨露，过密林惊起声声鸟啼，就这样径直扑进茫茫蒹葭的怀抱。

此时的芦苇，刚从水中冒头不久，鹅黄未脱尽、嫩绿得可以掐得出水来，那一方青石因在芦苇丛中，是天然的钓台。少年就藏身其间，静候鱼儿上钩，一心双眼专注于此，不曾片刻稍离。

直到听到那首日思夜想的《浣纱曲》……

那声音从遥远的地方传来，却清亮婉转，仿佛穿云破空。那歌声几乎一瞬间就攫取了年少人儿躁动的心，几乎是不受控制地弹起。举目四望、紧张地搜寻着声音的来源，全然不顾手中钓竿滑落，惊皱起一湖春水。

终于，他的目光锁定在远处的山林间，心爱的姑娘好似一团月光，欣然跃动而来，那样娇小，那样明亮，清冽的歌声也随之洒了一路。她越走越近，他越发失魂落魄，手足无措，陡然坐下，藏进蒹葭丛中，双手紧紧攥着钓竿，目光死死盯着水面，生怕自己的无礼惊扰了眼前这天然的少女浣纱图。

那一刻，他或许在暗自庆幸吧，庆幸芦苇荡与山后密林融为一体，庆幸春日的蒹葭长得足够深足够密，所以女孩并不会发现这殷切的目光，而年少的人儿才能如同朝圣般虔诚地向她投去专注的目光。

脚步声停在河边，姑娘在河滩上轻轻捶打着衣裳，捣衣声也和着歌声的节奏起伏。她戴着蓝花渐染的头巾，着一身月白的衣裙，除了腰间的一枚绳结，身上并无其他饰品。在她背后是连绵的密林，身前是粼粼的波光，远处间杂着斑斓多彩的鲜花，纯白的衣裙反而最为显眼。

少年目光灼灼，看她捣衣浣纱；看她掬一捧清水，水花开心地洒落；看着她褪下鞋袜，在水中肆意摆动着脚丫……

歌声渐弱，银铃般的笑声在林间穿行，在水面晃荡，少年被此深深感染，嘴角竟也不自觉上扬。

他手中的钓竿不知何时早已滑落，轻轻没入了水中，年轻的心却依然悸动。就像混沌的世界突然投进了日光，就像幼小的芽苗终于钻破黑暗的土壤，就像久旱的田野盼来了甘霖，独行十数载的人生这一刻终被点亮。

女孩只是简单地出现，一阵歌声、一个倩影、一个笑容，足矣。足以让男孩相信爱情，渴望爱情。

心动，原本就这样简单吧。

然而，她终究开始收拾行装，终究缓缓离开了他的视线，越来越远，消失在树林深处，就好像从没有来过，完全不为这被激越搅动的心泉负责……

他起身，举步想去追，却迈不动步。不舍，无奈，却只能悄悄看着心上人远去，任凭自己心里的光一点点淡去，熄灭。

那一刻，少年怅然若失，久久呆坐在蒹葭丛中，直到远处来了一群归鸟，直到水面泛起灿烂霞光，直到袅袅炊烟升起，方才将其思绪扯回这红尘烟火中来，心却依然为她牵挂。

而对这小径如此熟悉定是因为他日日到这水边来，神思憔悴准是再也不曾遇见心爱的姑娘。一次次在水滨徘徊，看芦苇丛越来越高，看桃花落尽芙蕖开放，却再也不曾看到她。

鼓起勇气，他竟顺着她来时的方向一直走，在山那边的小村庄一次次搜寻，想象着哪一家院落中住着自己心爱的姑娘，樟树下，抑或古柳旁？却从来不曾重逢，女孩转身离开以后就仿佛从来都不曾来过，让人怀疑自己那日遇见的是不是洛神，或本就是黄粱一梦……

少年日复一日辗转难眠，歌声夜夜进入梦乡，可是女子的容颜却愈加看不清。终于，他不敢再去那片水滨，害怕没有那片银杏林、捣衣石，以及那位恍若仙子的姑娘。于是，这最熟悉的地方，定格在记忆之中，再也不曾变过。

直到今日，被秋霜引着，又回到故地。脑海中尚在回想当日那个隐在葱郁芦苇丛中的自己，面对着早已遮天蔽日的苍苍蒹葭深有感触。深秋的芦苇银白似雪，柔软似雾，像是把清晨所有的霜花都披在了自己身上。

蒹葭摇曳，芦絮飘摇，与人的愁绪一般无休无止，不曾断绝。风起了，芦花摩挲着乘风飞翔，芦花呀，若是飞到高空见着那浣纱的姑娘，可否，捎去这延绵的思念和绵密的情感？

姑娘啊，你可知有人在这蒹葭苍苍中如此思念你。你那么近又那么远，好像是在这茫茫水域的另一边。少年我想追溯这流水，跨越湖面去到你的身边。可这曲折的流水啊，如此湍急漫长，水中的礁石如此尖锐密集，要等到什么时候，才能走到你身边？

【〇二七】

姑娘啊，你可知许久不见，我的心清冷如霜，日夜思念你愁苦黏肠。你好似漂在海洋中的岛屿，触手可及又遥不可望，欲渡无舟楫。你可知有人苦苦地站在原地想你，一日不见如三秋兮。自初见，心为你白头你可知？心为你苍老你可晓？

姑娘啊，我们仿佛只隔着一山一水的距离，却又好似隔着一生一世的距离。

多想蹚过流水去会你，多想游过长河去见你，有情人不怕激流不怕暗礁，不怕湿了衣裳冻了手脚，不怕路途漫漫山水遥遥……只怕到了水的那边，你对那个素未谋面的少年和那颗悸动的心一无知晓。

除却巫山非云也

——《郑风·山有扶苏》

郑风·山有扶苏

山有扶苏，隰有荷华。
不见子都，乃见狂且。
山有桥松，隰有游龙。
不见子充，乃见狡童。

【〇二九】

这简简单单的四句诗歌，总让人联想到中国文学史上最为凄美的爱情故事——梁祝。这世上总归存在一种忠贞的爱情，叫“曾经沧海难为水，除却巫山不是云”。

那鸟儿，既已体会过天地的宽广，又怎会爱上金玉的牢笼？那骏马，既已习惯了草原的逍遥，又怎会爱上华美的鞍辔。所以啊，当一个人若是遇到了世界上灵魂最为契合的另一半，又怎能将就？山有扶苏，隰有荷华。亭亭佳人，既慕子都，狂且狡童，奈其心何？

不亲身到郊野中来，又怎知春色如许？湛蓝的天空，静美柔和，像平铺开的绸缎，仿佛风略大些就会把它吹皱一般，阳光明媚而不刺眼，像微微晕开的烛火，温柔地将空气熏得绵暖。

四月的林木，新绿一层层压着老叶，显露出蓬勃的生机，参差错落之间筛下细碎的光芒。偶尔风过，摇曳的树影更是袅娜多姿，如长袖翩翩的舞女。春日里百花斗艳，姹紫嫣红如落霞、如烟火、如璀璨明珠，点缀着这一袭拖地的长裙。目之所及皆风景，引人入胜，叫人沉迷。

那美娇娥为何一身男装？看她书箱满满竟是去学堂的模样。

【〇三〇】

在城中行走需要谨慎小心，要学着躲避开熟人的目光。如今行到这辽阔的郊野来，萋萋芳草路，人烟更寥寥，于是乎整个人都完全放松下来了。久居闺阁，难得如此自由地行走在天地间，小女儿的心性上来，一路且奔且歌，如深林中欢腾的小鹿，如浅水中跃动的鱼儿，最后竟索性躺在落英缤纷处，不再前行了。

侍女软磨硬泡，最后还是拿“堂堂七尺男儿不会醉眠花荫”的话儿，才说服这位大小姐规规矩矩上长亭休憩。

谁又承想，就是这一停留，会遇见命定的爱情？谁又能料到，就是这长亭一会，步步沉沦，竟把终身误？

他走近的时候，她只觉得他器宇不凡，文质彬彬，朴素的衣衫遮掩不了由内而外散发的儒雅气息。身后书童所负的担子明显沉重，看样子应该是有不少的书卷。

真巧啊，竟在这里遇到致力求学的同路人。

她难掩心之雀跃，不免主动开口攀谈，更不承想这少年郎即将与自己拜在同一位老师门下。

身边的小丫头毕竟是第一次出门，兴奋得忘记了伪装，张口就说，“我们小姐也要去！”面前的公子疑惑不解：“什么小姐？”

英台急智，假言家中小妹同样醉心诗书，若能一道求学自然再好不过。没想到这番大胆无礼的言论居然得到了他的认同，她心头一荡，仿佛约摸触到了高山流水的琴弦。

她自小就不爱女红爱诗书，祝家独此一女，难免也存了些当作儿子教养的意思，长期受文墨的浸润，她眉宇间自然形成一股洒脱的英气。然而当她提出想要外出求学时，自诩开明的父亲还是激烈地反对。虽然最终拗不过她的绝食，认可了她男装的扮相，勉强允准了。

但是英台深知，这是一位不再年轻的父亲对掌上明珠的妥协，绝非男子对女子求学的认可。眼前这个他，居然如此诚恳地赞同女子读书求学，他眼眸清亮，仿佛自己言说的是一件再正常不过的事情。

一路同行，三载同窗，他们不仅早就结为异姓兄弟，更视彼此为难得的人生知己。

一个是自比蔡文姬的才女，一个是勤勉苦读的儒生；一个女扮男装专注于求学修身，一个贫困不能稍移心中的道义；一个精灵古怪皎若山巅雪，一个实诚质朴正如林间木……良缘天配，自送二人相会相守，相知相伴。

也不知从何时起她便对他暗生情愫，难道早在初见时，他将女子求学视为自然之事，她便已动心了吗？抑或那年夏天吧，外出归来时遇到滂沱大雨，在一角破落狭窄的屋檐下，他几乎用整个身体将她护在怀里，雨水顺着他坚毅的面庞滴落，她分明听到自己心中有瓣瓣桃花盛开的声音。抑或是去岁，她缠绵病榻，一向循规蹈矩的他竟悄悄逃学，笨手笨脚偷偷在厨房熬了一锅鸡汤，素色长袍上沾满了烟灰油渍，她却觉得那一日的他格外帅气，那一碗寡淡无味的鸡汤分外暖心……

说不清，道不明。她只知面对着一封比一封急迫的家书，他是自己心中放不下的挂牵。叹只叹，这个实心眼儿的哥哥啊，一口一个贤弟，全然不曾察觉她是女儿身，是心慕子充的佳人。

送别易，重逢难。虽然已经留下玉扇坠，托师母成此良媒，但在女儿家心中，依旧是无穷尽的忧戚惶恐，生怕这书呆子不解风情不懂伊人之心，生怕他存有一星半点儿世俗礼法的念头，因这私相授受不肯前来下聘。生怕他对自己真的只有兄弟之谊，不仅不接受这爱情，反而会气她欺他。但无论哪种意外，她依然心存侥幸。

十八里相送到长亭，就此别过，谁又知未来会有怎样的变故。山有木兮木有枝，心悦君兮君不知。没奈何，只能鼓起勇气把心中最深情的话儿委婉地说，但愿他能懂得。

冷月未落，旭日初升，远方第一声鸡鸣刚刚消歇，那曲折的山道上，是谁早已经出了家门？林风寂寂，伐木丁丁，不知樵夫为谁把柴打？定是为了家中温柔的妻子，为了替她点燃袅袅炊烟，替她换取一支简朴的簪。他穿着她亲手缝制的衣衫，即使在春季尚寒的清晨里，依旧暖上心头。

【〇三三】

心悦君子，男耕女织共建家园，你可愿？

凤凰山头，百花盛放，灼灼桃杏温柔妩媚如处子，树树梨花柔曼洁白如月光，点缀在草地上的无名花多彩斑斓。你却叹可惜此时没有牡丹。英台家的后花园有一片在她幼时亲手种下的牡丹，盛放时节姹紫嫣红堪称国色，梁兄你若是喜欢，何不与妹携手把家还？

心悦君子，赠之以芍药，为何又要拿山高路遥来推辞？

池塘生春草，园柳变鸣禽。大好春光里，圆圆的荷叶才刚刚冒出水面，就有多情的鸳鸯来游水戏玩。“梁兄啊！英台若是女红装，梁兄愿不愿配鸳鸯？”[1]就连那在水上流连嬉戏的大白鹅都是一前一后歌声相和，偏偏你就听不出妹妹话里隐含的情意？

心悦君子，君子不知，梁兄你真是那不解风情的呆头鹅。

离别时刻越来越近，他却丝毫不懂这一连串的暗示，她愈发焦急地想要表白自己的情意，全然忘记了自己在他面前一直是男儿模样。过桥即言好比牛郎织女度鹊桥，行路则说前有男子汉后乃女红装，对井则讲水中影是男才女貌配成双，甚至在观音堂前拉他来拜堂。可惜这一番情不自禁的举动宛如对牛弹琴，不仅完全得不到她想要的回应，反而让他

---

① 摘自越剧《梁山伯与祝英台》剧本，十八相送这一段描写正是根据越剧情节展开。

误以为这是玩笑捉弄，气不过英台拿他比红装。

真想唱一曲越人歌，诵一首《山有扶苏》，奈何在心上人面前，再洒脱英气的她终归还是一个娇羞的小女子。连番的比喻已经花光了勇气，为何他看不见她早已羞得面若桃花，为何他看不见她眼中情意绵绵的流转？

长亭已至，分手告别，她犹有不甘，假言家中有九妹初长成，愿与你梁兄结成婚配，定下那七巧之日上门提亲的誓约。但愿你早日明白英台自为媒自来配，早日登门求亲把这良缘结。

山有木兮木有枝，心悦君兮君不知。从此一别人散去，生不同归死同穴。

山有扶苏，隰有荷华。不见子都，乃见狂且。
山有桥松，隰有游龙。不见子充，乃见狡童。

山伯明白得太晚，上门求亲时她已被父亲许给旁人，他竟看不出她的悲痛欲绝，反而责怪她变心移情。他为此心生执念，竟一病不起。

可是梁兄啊，你为何如此信不过她的情意？玉扇坠已赠送，芳心儿有所属，她又怎么可能接受父亲执意安排的这场婚姻？曾经沧海难为水，除却巫山不是云，她又怎会不忠贞于自己的爱情?

梁山伯已逝，所有的憧憬和期盼也就一并死去了，罢了，罢了，生命的最后来一场华丽的祭奠吧。

从一开始这喜服就是为你穿，这妆容就是为你化，你是否还记得当日的誓言？狂风作、地开裂，她只看见自己最心爱的人张开双臂向她走来，于是她奋不顾身地扑进他的怀抱。拥抱的那一刻身子突然变轻了，好像只剩下两颗相互偎依的心灵。多好呀，身已翩跹化蝶，卸下所有俗世的忧烦，从此天高海阔都有你相伴。

《山有扶苏》就应该是在写这样一场“除却巫山不是云”的爱情，年轻热情的少女啊，既然芳心已归属于那温文儒雅的君子，在她眼中其他人自然都沦为了狂且和狡童。这些美好骄傲的心灵，怎么可能去将就一份不完美的爱情?

愿只愿，最可爱的姑娘啊，你能大胆唱出心中的爱慕，不要错过生命中最美丽的云彩。歌且歌矣，爱便爱吧，随心所欲，何必去管这世俗言语。

卷二

相恋：问世间情为何物，直教生死相许

热恋无疑是爱情中最美好的阶段，将初相识懵懂的面纱掀开，可以在彼此的眼眸中看见自己的身影、在对方的心中读到一模一样的坚定，天地再苍茫、人生再漫长，都不用独自面对了，多好。

三月春风，掀开少年心上的帷幔，让那美好的姑娘，一步步住进自己的心怀。

我们会在春日里携手郊游，在乱花渐欲迷人眼的季节里策马奔腾；会在夏日里晨起赏荷，在暑热消散的黄昏中悠然踱步；会在秋叶零落的时候一起登高望远，看这重山层层叠叠、多彩斑斓；会在白雪纷飞的寒冬越过墙头为你送去一剪红梅，双手紧握、彼此温暖。

最浪漫的约会、最美好的时光，都会在我们的人生里书写上浓墨重彩的一笔。

相爱时，每一个人都坚信自己的爱情是独一无二的，自己的爱情会是永恒存在的。那段时光里，我不仅是爱你，更是爱神情坚定、心生柔情的自己。

千百年前，那天真的静女就在城楼处和心上人逗乐、那郑国的小女儿就邀约君子共游溱洧，他们脸上所洋溢的幸福，定然会出现在每一个有情人的眉梢嘴角。

因为爱你，所以我愿意把世间一切美好的事物赠予你。无论是白荑彤管，还是木瓜琼琚，抑或是花中芍药、胸中真心，都说不尽我对你深沉真挚的爱情呀。因为爱你，所以与你相关的一切都成为生命里最美好的东西，与你躲过雨的屋檐、与你赏过花的水边，同你走过的每一条路每一座桥，都记录着我们的爱情呀。

若是一朝老去，还能与你拥着炉火、把盏共话，那么，死又有何忧、又有何惧?

当我们头发花白、牙齿掉光，你还记得我为你唱的第一首歌、我还珍藏你绣得歪歪斜斜的荷包。说起第一次颤抖的牵手、第一句热辣的情话，你依旧偎依在我肩头，红了脸颊。如此才知，爱情它不会老去，更不会死去。它长久地存在于你我心中、存在于日月星辰的见证里。

问世间情为何物，直教生死相许。你可知，爱情它往往不知由何而起，它渐渐在人心中生根发芽，足以撼动人的灵魂。因而情到深处，可以生、可以死、可以死而复生矣。

为你且歌且唱且狂哉
——《邶风·静女》

邶风·静女

静女其姝，俟我于城隅。
爱而不见，搔首踟蹰。
静女其娈，贻我彤管。
彤管有炜，说怿女美。
自牧归荑，洵美且异。
匪女之为美，美人之贻。

【〇四一】

没记错的话，应该是在初中课本上首次读到这首清新活泼的小诗。十四五岁情窦初开的年纪，最容易被诗中浪漫的约会撞动心怀。诗中的女孩儿精灵古怪，少年憨厚老实，他们之间的爱情如此简单纯粹，丝毫不受外界环境的影响，它让青春期的人儿感同身受，这故事就好像发生在隔壁班一样。

校园里的爱情故事，大概是这样开始：炎炎夏日午休时分，空旷的校园里鸣蝉格外嚣张。穿着宽松校服、戴着黑框眼镜的小个子女生抱着厚厚的试卷，从办公楼往教室走，一路漫不经心，不知神游到了何处，于是才会来不及躲避迎面飞过来的篮球。

她下意识用手去挡，手中的试卷就这样飞扬散落，像一群突然被惊起的白鸽。满头大汗跑过来的他，望着她涨红的脸庞，竟有一刻恍惚神迷，不知身在何处……

后来总是能不期而遇，他知道她的水瓶上有一只可爱的米奇，她知道他晨跑时在三班最后一个；他知道课间操时她总是伸一伸手臂敷衍过关，她知道他隔一天就会准时出现在球场。她笑起来有两颗可爱的小虎牙，他的球服背后总是印着“7”号……

那么自然而然地去看了一场电影，他在拥挤的公交车上细心地把她护在臂弯，她闻到他身上有淡淡的薄荷味道；他在鼎沸的人潮中轻声对她表白自己的心意，看着满脸通红的他，突然觉得整个世界安静得只剩下彼此的心跳。就这样恋爱吧，多么美好的年纪，多么美好的爱情呀。

元旦前夕，江畔有盛大的烟花节，她第一次主动约他，看着他从公交车上下来的时候忽然玩性大发，将围巾扯得老高，只剩一双大眼睛扑闪扑闪。她躲在梧桐树后看着他左顾右盼、看着他茫然若失、看着他手足无措，然后轻轻走近，在他背后悄悄拉他的手。

转身的那一瞬间，他眼中满是惊喜和宠溺，目光明媚如暗夜星辰。她有些失神，于是额头被人趁机印上一个吻，像一片雪花在眉心融化般清凉，像是一朵火苗在额上灿烂。

真正拥有的时候才会相信，原来这世上真的存在一种亘古不变的东西，那就是这纯粹的爱情。千古如斯，人类从开始有语言的时候就会歌咏爱情，所以《诗》三百，情歌纷纷扰扰，各自美好。

哪怕时隔千年，它依旧能够在人心海中激起同样的涟漪，哪怕并不知其中的故事，却依旧感动得不能自已。每个人都对美好的爱情心怀向往，每个人都能从中获得独一无二的甜蜜与幸福，这或许就是爱情的最大魅力吧。

梦回千古，那一段青石砌成的城墙边，曾经发生过怎样美好的故事呢？

你可知，四月的森林格外热闹，林荫树梢，华美的舞会一场接着一场。这舞会的主角正是各色美丽的雄鸟们，为了博得雌鸟的青睐，它们使出浑身本领来争奇斗艳。有的鸟儿天生一袭华丽的羽裳，黑得发亮的裙摆，绚烂多姿的礼服，或是佩戴着碧玉的吊坠，或是镶嵌着耀眼的碎钻；有的鸟儿天赐一副完美的歌喉，声音清亮婉转，在幽林中起伏回荡更胜天籁；有的鸟儿则是杰出的舞者，用自己的尾羽敲击树干、和着节拍旋转跳跃，直叫人眼花缭乱……再不济，也会用松软的草絮、柔嫩的茎叶把鸟巢好好修建，哪怕一朵野花的点缀，也会给小家平添一丝温馨。

雌鸟则是骄傲的公主，只须居高临下好好欣赏一支支曼妙的舞、聆听一曲曲悦耳的歌。择一位中意的有情郎，轻移莲步，清歌应和，把那小身躯儿紧紧靠，把那小曲甜蜜唱响，在那林荫树梢共建爱情的巢。

她可知，遇到她之前，他只觉这嘈嘈切切的鸟鸣甚是烦人，恨不得拉弓搭箭一举消除这闹心的噪声。可是自从与她相遇，自从心里住进这样一位美丽可人的静女，整个人都变得温和柔软起来。

犹记那一日与她闲坐在满树繁花的林荫下，枝头鸟在叫，身旁她在笑，那一刻突然就听懂了鸟语鸣唱中满满的浓情蜜意，突然就懂得了为何要用灼灼桃花来歌唱新婚，不是鸟语甜、不是百花艳，只是因为心上人在身边。

诗歌中的女子是第一次主动提出约会，约定在古老城墙边。男子心中喜悦满怀，无法稍加抑制，早早就来到这青墙脚下把她等待。不知伊人何时跨越山水来到身边，这种期待惊喜的小情绪满满充盈在胸腔。

从流水带来的落花想到那一日满树繁花，从依稀的鸟鸣想到深林里此起彼伏的情歌，脑海中一直在回想一路走来所收获的点滴幸福，思绪飞扬，无法停歇。

时光飞逝，天上的日头已不知不觉一路行至城楼的正上方，空旷的草地上细长的身影渐渐变短，他却始终是形单影只独自徘徊。心爱的姑娘啊，为何到此时还不出现？莫不是自己记错了时间？莫不是她遇到什么阻挠？忧虑渐生，步伐纷乱，“爱而不见，搔首踟蹰”，来来回回恨不得把这寸土地踏穿。

直到身后，清甜的笑声渐渐明显，他狐疑着向城角靠近，她从林木遮掩下，城隅荫蔽处跃身而出。

他瞬间明白自己被小妮子戏弄了，几乎是一路冲上前去，环住她的腰身，将她半举，开心地旋转。原本满脸得意的女孩儿娇羞满面，求饶不迭；他才将她缓缓放下，紧紧拥入怀中。

一番笑闹过后，她静静牵着他的衣角，跟在他后边慢慢散步。

看她时而眉头微蹙，时而笑涡深深，他早已不知神游到了何处。常听人用“静若处子，动若脱兔”来形容女孩的性格，直到遇到她，这句话才真正变得具体可感。她安静时如天边的云彩，遥远到不可触及；兴起时又显然是稚气未脱的小女孩，满脑子古灵精怪的坏主意。而他，偏偏喜欢这样的她。

她赠予他彤管与白荑，那鲜艳的彤管如冬日的火苗，如她羞红的面颊，瞬间温暖了他的心扉。它如此光亮，不知被姑娘抚摸过多少次，捧着它说了多少藏在心底的悄悄话。他愿执着彤管，为她吹奏一曲浪漫缠绵的小情歌，把心里的喜爱慢慢诉说。他愿对月轻吟，和风歌唱，只想博得佳人莞尔一笑，与之共结百年良缘。

象征婚媾的白荑，如此娇嫩、如此纯洁，定是姑娘特地采下、一路精心呵护送到他手里来。他根本无法抑制心头的喜悦，原来这心爱的姑娘也愿意用一生来缔结婚约，愿意与自己共同书写一纸缱绻的婚书；原来这美丽的静女同样沉溺在爱情中忘乎所以。她的本性定是天真烂漫不受世俗污染吧。他何其有幸能够拥有如此完美的爱情，愿只愿，时光你慢慢流，美人啊你慢点老。他何其有幸能够拥有她的爱情，愿只愿，执子之手，与子偕老。

时间最是残忍，它令沧海变成桑田，令人的信仰变得面目全非。宇宙如此苍茫，人生来也渺渺去也悄悄，不过沧海一粟罢了。

可何其幸运，人们竟然能够拥有一种亘古不变的感情，它跨越时空而存在，它与所有人共通。千古如斯，我们至今仍传唱着那古老的情歌，在美好的爱情故事中深深感动。

“匪女之为美，美人之贻”一句简直道尽了《诗经》情诗中起兴手法的意义所在：关关雎鸠，并非鸟鸣声中有绵绵情意，而是心中装着一个真心爱人。蒹葭苍苍，并非那茫茫芦苇扰乱人的心绪，而是伊人兮求不得，令人忧戚、令人惶恐。

年轻男女之间互赠信物的传统，或许正是从这情意绵绵的《诗经》开始。白娘子与许仙因雨伞结缘，杜丽娘临死前留下画像为凭，一柄桃花扇、一支白玉簪，所有普通而冰冷的事物都因为注入情感而变得生动，变成了诗文中最美好的意象，最浪漫的情结。

我们对爱情的向往不息不止，这浪漫的情歌就永远不会过时。即便相隔千年，它依旧生活在书卷中，独自吟咏，独自撩人心弦。若前路有静女、有佳人，便为你且歌且唱且狂哉，做一只奋不顾身的飞蛾吧，奔向那温暖的爱情。

君心妾心，木瓜琼琚
——《卫风·木瓜》

卫风·木瓜

投我以木瓜，报之以琼琚。
匪报也，永以为好也。
投我以木桃，报之以琼瑶。
匪报也，永以为好也。
投我以木李，报之以琼玖。
匪报也，永以为好也。

当一个人陷入爱情的旋涡，满满的幸福感便会充盈到心间，小小的心房无限膨胀，几乎快要盛不下极致的喜悦，便想寻一个突破口，一种合适的表达方式。

对爱情直白的歌颂是人类的一种本能，它等同于猿猴呼朋唤友的一声清啸，等同于林间鸟儿交颈缠绵的鸣叫。而渐渐地，人们发现爱情是一种玄而又玄的东西，它包含了太多不同的情绪，暗恋的羞涩、热恋的甜蜜、求而不得的失落和得而复失的绝望，根本就不是直接吟咏所能够表达的。

于是，人们尝试将满心激荡的情愫外移物化，将感情置于更广阔的世界，用一切可用的意象来辅助表达。遂有了起兴比喻的艺术手法，物象也就具有了约定俗成的情感内核，比如，鸳鸯是象征爱情美满的忠贞之鸟，鸿雁是传情达意的温柔信使，明月寄托着缠绵的思念，桃花下必有娇羞的容颜。

可以说自然山水中所有美的事物，都毫不例外地被人们赋予了某种特定的情感，这些意义通过诗文渐渐固定下来，成为一种共识。

因而在中国古典文化的体系之中，热恋中的男女，总是喜欢互赠信物，寄寓那说不尽道不完的情意。《诗经》作为中国诗歌的源头，包含着大量甜蜜缱绻的小情歌，而在这些歌诗中所用到的起兴手法，可以说是第一次正式给诸多意象加注了最缠绵的情思。

比如关关雎鸠，一声清啼，唤醒人心中对爱情的向往；比如灼灼桃夭，一树繁花，是嫁娶之喜事的最好衬托；比如苍苍蒹葭，一片渺茫，与爱情中那些剪不断理还乱的愁思一齐飘飞。野鹿、白荑、芍药、彤管……所有跟婚礼聘礼相关的物事，所有经由佳人之手相赠的东西，都被浪漫的情丝所环绕，柔柔地触着人情肠。

《卫风·木瓜》正是一首你侬我侬的赠答诗，它超出了诗歌常用的四言体，有自己独一无二的韵律和味道，它简简单单地重复着互赠礼物这样一个情节，细细想来却有着说不完的故事。

与她相爱时，无论行走在何处，所思所想都是心爱的姑娘。

看到绚烂朝霞，便想剪下一匹送她裁为云裳，想来也只有这般明媚的霞光方能衬得起她的容颜；看到璀璨星辰，便想摘下一颗放入她的妆奁，或为簪隐在发间，或为珰坠在耳垂。

当花儿开放时，想把那娇艳的芍药、粉嫩的桃杏、洁白的梨花全部赠予她，只求她看到的时候，嫣然一笑。若能如此，想来百花也会黯然失色吧。

当硕果成熟时，想把甜美的木瓜、木桃、木李全都采来送她，爱情带来的甜蜜，千倍百倍胜于斯。

伊人天真如赤子，她用琼琚美玉来回赠。美玉虽贵重，与她心中的爱情相比却不值一提。“匪报也，永以为好也”，竭尽所有不过是想让他明白，她愿与他携手，共度余生。

大概每个耽于情爱的女子，都痴心如此。以琼瑶回赠木瓜，以绝对的信任回赠君子。水一样的女儿本就是为爱而生，一旦有谁促使她的爱情萌发，她就成了那扑火的飞蛾。

若有幸知遇一位真心人，自然会成就极致的幸福浪漫。若痴心错付，枕边人成为薄情郎，那故事又该变成怎样的悲凉？君既已负心薄情，那满腔的怒火恐怕也只会自焚妾身吧，那决堤的忧伤大概只能够淹没妾心吧。

想来冯梦龙笔下，那自投潞河的杜十娘，也大抵如是。

她早已不记得所谓父母双亲的模样，早已不记得所谓家园故土的方向，仿佛她的记忆就是从这教坊司院开始的。左不过是因为纷纷战火流离失所，左不过是因为饥寒交加病倒街头，以至于当她在宽敞明亮的房间中醒来，竟会怀疑自己是不是到了天堂，以至于她见到鸨儿，竟觉得亲切美好。

当她吃着各色精致的点心饭食，穿着光滑柔顺的绸缎衣裳，每日只需要学一场风花雪月的戏、一些缠绵悱恻的小曲儿，学一些精美的乐器、几首简单的诗词歌赋，她便开始遗忘了那流浪途中的风霜，忘了饥饿的感受和寒冷的滋味。

以至于后来她拼死出逃，身着单衣蜷缩在巷子深处，居然会觉得隆冬夹杂着冰雪的风比那狠狠抽过来的鞭子更加难以忍受。粘住脚掌死活不放的青石板和如刀剑剜心般剧烈的饥饿感，硬生生将她逼回到教坊司门前。

不过才三日，三日之前她得知鸨儿让她接客，硬是扛过一场毒打，寻机逃了出来。三日以后，她终熬不过刺骨的饥寒，一步步走进修罗地狱。

那一年她不过十三岁，七年的时间转瞬即逝。她还清楚地记得那一天她坐在桌边狼吞虎咽，老鸨满面笑容地看着她，如鹰隼盯着猎物般专注，她甚至觉得那眼神里透着一丝不屑，一丝了然，仿佛算准了她会回来。

她本就生得眉清目秀，唇红齿白，是个风姿绰约的佳人。多年来有意的教习更是练出一股妩媚动人的眼神来，她身段柔软本就适合轻歌曼舞，读多了诗书戏文更是养出她弱柳扶风的气韵来。那些附庸风雅的少年子弟们，几乎对她爱得发狂。司坊杜媺，人唤十娘，京都名姬，一笑千金。

可那些来去不定的纨绔子弟，有谁又愿意安静下来聆听这一颗颤抖的心？若说她也向往一份纯粹的爱情，大概只会被当作酒后的胡言、谈笑的戏语吧。谁又知道在那一遍遍演唱的霸王虞姬、梁祝化蝶、牛郎织女的故事中，她何尝不是流着真心的眼泪?

若不是遇到他，若不是那一句“你怎么哭了？”若不是那一刻她听到自己心跳如惊鹿、如鸣鼓，或许连她自己都要以为，她这样的人就应该对爱情心如死灰吧。

她也说不清她的爱由何而生，或许是因为受够了老鸨的贪婪苛刻，迫切地想要新生吧，或许是因为李甲虽懦弱胆小，却对她一片诚心，倾尽所有吧。至少只有他肯替她描眉，为她写诗，如此，还奢望什么呢?像她这样流落烟花的女子，还能奢望些什么呢?

李公子为她千金散尽，她虽不弃，院里的妈妈却越来越尖酸刻薄，终日里用难听的话语来挤对。公子从未受过这样的侮辱，家书催得越来越急，以至于成天忧愁烦恼，浮躁兮狂暴兮，早已不复从前羽扇纶巾的儒雅。

那一天，老鸨终于在愤怒的挖苦中松了口，许诺十日之内李公子可用三百金替她赎身，从此天高海阔，任其比翼双飞。

她眉飞色舞地说给他听，他眉宇间却愁色更浓。父亲断其经济供给已久，京中亲友早就因他沉溺于烟花柳巷绝了来往，三百金对身无分文的他而言，简直就是铺天盖地而来的滚滚乌云。

可是为了她眼眸中的光，他终究还是四处求借，奈何灰头土脸，所得寥寥。他甚至怀疑这是十娘和鸨儿的故意刁难。她却只有不忍，不忍他四处碰壁，不忍他颜面尽失，竟自出一半赎金，那缝在棉被中的零碎银两，见证着她的人生艰难，表白着她的情比金坚。

哪怕是被扫地出门，只剩下姐妹们送出来的一个雕花妆奁；哪怕弃车从舟一路颠簸，李甲一边忧心所剩无几的旅费，一边惶恐家中严父不可能接受风尘女子。她的心中却是阳光明媚，清晰可闻一朵一朵满是芙蓉花开放的乐声。

谁承想，他一念之间，竟要把她卖给邻船初识的孙富。说什么君尽孝妾得以托付终身亦是两全，说什么万般皆好唯有真情难舍，她只觉他的眼泪虚伪，他的言行凉薄，他所谓的情感令人胃中翻山倒海恶心难忍。原来这么久以来的痴心，终究是错付了。

一夜梳妆，她为自己画眉，镜中的佳人，目若秋月，面如桃花，高起云鬓，遍插珠玉。若不是那眼神中冰冷的绝望，几乎就要让人以为她要盛装出嫁。晨起出舱，李甲伸手来扶，只一眼，他便讪讪收手，仿佛被什么锐利的兵器刺伤了一般。

她一层层打开那精美的漆匣，她一句句责骂孙富和李甲；那匣中金银美玉无数，明珠珍宝无价，耀眼的光芒照得她的身影格外艳丽。那话语如刀如剑，层层剥去他们的甜言蜜语和满口的仁义道德，露出虚伪丑恶的灵魂来。

他后悔不迭，汗如雨下，她却连看都不看他一眼。抱着百宝箱跃进那汹涌澎湃的潞河中心，丝毫不曾犹豫，就像她爱上他时，从来就不曾有过一星半点儿的迟疑。

这一个为爱而生的天真女子，哪怕历经苦难却依然期待着纯粹的爱情，一旦陷入爱情的旋涡便愿意付出所有；但她所爱并非良人，他重利重欲唯不重情。她自是美玉无瑕，他却有眼无珠；她自是无价珍宝，他却浑然不知。奈何，奈何，爱原来是幻梦，心已然破碎，留这孑然一身又有何用？魂归流水，反而干净。

君心乃木瓜，妾心乃琼琚，你又如何承受得起这如海的深情？

君心乃木桃，妾心乃琼瑶，你又如何不辜负这如花美眷似水流年？

君心乃木李，妾心乃琼玖，痴心既已错付，玉碎又何妨？

说不定那修罗场，反而可遇有情郎！

琴瑟在御，岁月静好
——《郑风·女曰鸡鸣》

郑风·女曰鸡鸣

女曰：『鸡鸣。』

士曰：『昧旦。子兴视夜，明星有烂。』

『将翱将翔，弋凫与雁。』

『弋言加之，与子宜之。宜言饮酒，与子偕老。』

琴瑟在御，莫不静好。

『知子之来之，杂佩以赠之。知子之顺之，杂佩以问之。知子之好之，杂佩以报之。』

通读可知,《诗经》中最浪漫而热烈的情歌大多集中在郑风：春秋战国时期的郑国，地处中原，气候温和土地肥沃，最适合发展农业。物资充足人民勤劳，工商贸易同样热火朝天地开展，较其他国家而言，郑国可谓是富庶太平之地。

与此同时，它是殷商旧地，承袭了前人神秘的巫术传统，以至郑人普遍能歌善舞。仓廪足礼乐全，从而形成了一个浪漫到骨子里的国家，它孕育出了最多情的男儿、最美丽的女子，两者相遇，总能碰撞出最灿烂的爱情花火。郑人大胆奔放，自然创作出大量颂赞爱情的歌谣。

《郑风·女曰鸡鸣》篇，则是一首完全由对话组成的诗歌，它别致而新颖，简单而温暖，将夫妻闺房之乐渲染到了极致，读来只令人觉得时光静好。

想必爱情最美的模样，应该就是诗中所写的这样吧。所以千百年来，爱情才一直是人最甜蜜的向往。

醒来时还是暗夜沉沉，她不过轻轻翻了一下身，他便从熟睡中缓缓睁开眼。四目相对，彼此眼眸清亮，映着对方的容颜；那眼波温柔缠绵，如醇香的酒酿一样令人神迷，让人沉醉。相顾一笑，她柳眉弯弯，他睡眼惺忪，屋内的空气就好像是柔软绵长的糖丝，甜腻得快要化不开。

村东头依稀响起一声嘹亮的鸡鸣，此声未歇，四面八方的雄鸡便群起相和，奏开了一曲欢快热闹的黎明交响，呼唤那朝阳，催促着勤劳的人们起床劳作。

她刚想起身，便被身边的人紧紧搂住，耳边还响着他不满的嘟囔“天还没亮，不要这么早起了”。没办法，她只能乖乖躺在他的臂弯，堂堂七尺男儿，竟然像个孩子一样撒娇赖床。她无奈地轻叹，语气却温柔，饱含着浓浓的宠溺之意。

这黎明的时光，宁静得可以听到风吹窗外修竹的细细龙吟，可以听到邻家小儿咿呀学语的稚嫩童声，可以听到村里渐渐纷繁起来的脚步声、犬吠声和锅碗瓢盆的碰撞声。

新娘已晨起梳妆，对窗打理云鬓，抬头便看见了闪亮的启明星。夜色正在消退，孤星一颗皎若山巅雪，媚若心上人流转不迭的眼眸。

她刚想唤他起床同赏，不及转头便被温柔地环住腰身，“看什么看得这么认真？”不及回答，他便自然而然用下巴摩挲她的发，顺着她的目光看向了明亮的星。

良久，他在她耳畔轻声说道：“多像你的眼睛。”

【〇五九】

他一直都记得那一天晚上，凤凰花烛接连爆开灯花，掀开精致的鸳鸯盖头，他第一眼就被她的眸子所吸引，像两丸黑珍珠，养在澄清的泉水中，涟漪微澜，情丝流转，像暗夜星子，比初雪还干净无瑕，眼波荡漾，柔情似水。承诺纵然珍贵，但未必奢侈。从那一刻起，他就暗自许诺，要用一辈子的爱，来守护这纯净的眼眸，令她永不蒙尘。

此时天朗星稀，今日定是一个明媚的艳阳天，春来万物复苏，暖和的晴日里生灵更是熙攘热闹。昨日春耕已结束，今日便带上弓箭到那丛林中去吧，“将翱将翔，弋凫与雁”，为她和腹中的宝宝，添一顿美味佳肴。

他将一日的柴火搬进灶房，将笨重的水缸添满，兜兜转转将家中收拾了一遍。等到唠叨不停的他被新婚妻子推搡着送出门，已经是辰时，春日阳光将空气烘焙得暖暖的，微风中夹杂着各种花儿的甜香。这么好的天气动物们自然会外出觅食求偶，作为一名优秀的猎手，他预感到了此次打猎的丰收，信心十足地叮嘱妻子准备好酒酿，只须等他满载而归。

离开她温柔的视线，他成了最精壮的猎人：那搜寻猎物的眼神敏锐如最勇猛的豹子，那张弓的臂膀孔武有力，一看便知是历经风雨的老手。

他久久潜伏在茂密的草丛中，几乎没有发出任何声音；他脚步轻缓，向着猎物靠近。那窸窣作响的草窠里，渐渐露出一对野鸭子的身影，一只伏在绵软的草上孵卵，另一只静静地陪在一旁等候，时不时帮对方梳理一下羽毛。他看着交颈缠绵的鸟儿，脑海中总是浮现出她在灯下，一针一线绣虎头鞋的场景，手中的弓箭不自觉放松了。竟然会心生不忍，他无奈地笑笑，转移了目标。

大半日奔波下来，他行路的距离与肩头沉重的猎物成正比。日头刚刚转西，他便匆匆往家赶。

尚在半山腰上，便远远望见了那个小小的院落，屋后巨大的香樟树是天然的标志，指明了家的位置。此刻她在做什么呢？是不是坐在树下青石上，一边做肚兜一边翘首以待？也不知这个粗心的丫头有没有垫上狐皮褥子，冬寒刚退，天气依旧有些凉。可惜今日并没有猎到狐狸，野兔虽然肥美，皮毛却终归太小，不能替她做一件暖和的披肩。时节尚早，他自信今年入冬之前肯定能猎到皮毛光滑的狐狸。

他想得入神，走得飞快，根本就不觉得肩上累累的猎物有什么沉重。

走出万山圈子时，天色已经昏暗朦胧，遥遥可见家中已有炊烟升起，他就像是被这炊烟牵扯的纸鸢，永远都不想离开她的手掌心。她嫁过来不过一年，酿酒的手艺就已经在村子里颇具盛名；最甘甜的清泉、最新鲜的稻谷，或是配上三月桃花，或是添加青青竹叶，她满脑子精灵古怪的新念头，总能调配出最醇厚浓郁的滋味来。念及此处，肚中的馋虫被唤醒，催促着他不断加快步伐。

到村头石磨旁，隐隐看见她在门口张望的身影，摇曳的灯火中，那身影显得格外单薄柔弱；虽然只有四个月，她的小腹已经微微凸起，美好的弧线如弯月似彩虹，在暖黄色的灯光下，竟让他有想流泪的冲动。

【〇六一】

他一出现在她的视野中她便笑了，莲步轻移迎上前来。他几乎是离弦之箭冲过去挽住她：

“大晚上怎么又站在风口等着？怎么也不加件衣服？说了多少遍了怎么老是记不住，今天晚上想吃什么呢？有一只兔子、一只大雁还有几只野鸡……这片儿的狐狸越来越狡猾了，下次再走远点儿，这样冬天你就有温暖的披肩了；最好再给孩子准备一件小袄……”

她嘟囔着“哪有那么娇贵，这也不许那也不许的……”话没说完，便在他怒气腾腾的眼神下乖乖住口。任由他扶着一步步走进小院，家中灯火格外温暖。常听歌言“琴瑟在御，莫不静好”，殊不知与他在一起的时光，就连吵闹也是一样的美好。

月朗星稀，西厢窗下，她慢慢喝着一碗暖暖的鸡汤，听他眉飞色舞地讲着一天的见闻。他说山谷中有一大片山桃，花苞已被春风灌得滚圆，等过几日花开一定折一枝来赠予她簪；他说前几日的春雨来得正是时候，田里的庄稼长势正好，今年一定有余粮用来酿造清酒；他说屋后的竹林中竹笋估计已经冒出头来了，明日抽空去挖几棵回来，正好跟这野味一道熬汤；他说明日赶集，正好拿兔皮去换一根嵌彩珠的杂佩，送给她来戴；他说古老的情歌是这样唱的：“知子之来之，杂佩以赠之！知子之顺之，杂佩以问之！知子之好之，杂佩以报之！”

天色渐暗渐沉沉，喧嚣了一整天的大地复归宁静，人声渐歇，犬吠渐落。谁又出现在谁的梦里，把这长夜都发酵成了浪漫。

古今中外文学史上，爱情一直都是一个歌不尽写不完的主题。一首《郑风·女曰鸡鸣》，将甜蜜的婚姻之乐渲染到极致，反复吟咏，唇齿间都沾染了桃花的浪漫。

想来牛郎织女鹊桥相会，把一年的思念缓缓道来时，那岁月也是静好如斯吧。

想来梁祝三年同窗，英台芳心暗许，日日看着他容颜，任这爱情在心底慢慢酝酿发酵、膨胀盛放，那时光定是温柔如斯吧。

想来沁芳桥旁，黛玉专注地读着西厢，宝玉看着她多情的眼眸、看着她绯红的脸庞，情不自禁把心底的爱慕对她讲，那岁月也是浪漫如斯吧。

正是这文字写不出、声音歌不尽的爱情，它如此美好，比春日阳光更灿烂、比夏日荷花更妩媚、比秋日硕果更丰美、比冬日冰雪更纯粹，所以一直都是人类心中最憧憬、最向往的存在。哪怕它夹杂着酸楚和苦涩，伴着不安与忧愁，依旧有无数的少男少女飞蛾扑火般扑向爱情。

陌生人啊，愿你找到心中的那个她，愿琴瑟在御，岁月静好，伴着那心上人儿慢慢老。

云想衣裳花想容
——《郑风·溱洧》

郑风·溱洧

溱与洧，方涣涣兮。士与女，方秉蕑兮。
女曰：『观乎？』
士曰：『既且。』
『且往观乎！』
洧之外，洵訏且乐。维士与女，伊其相谑，赠之以勺药。
溱与洧，浏其清矣。士与女，殷其盈矣。
女曰：『观乎？』
士曰：『既且。』
『且往观乎！』
洧之外，洵訏且乐。维士与女，伊其将谑，赠之以勺药。

以花草比喻美人的传统应是兴起于民间，当人顺应节气变化耕种劳作，终生与自然万物相伴，毫无疑问就会从自然之中寻找尤物赠给心中的佳人。

刚猎到的野鹿，最能展示男儿的精壮和力量，新采摘的木瓜，最能表白心中爱情的甜蜜与香醇。而生在天地中，养在日月里，汲取雨露清风而盛放的花草，最像心中亲爱的姑娘。

赠你一树灼灼的桃花，愿你婚姻和乐，宜其室家。赠你一束亭亭的白荑，愿你早日为他披上嫁衣，成为爱人的结发之妻。

《溱洧》篇同样出自浪漫热情的郑风，所写的正是上巳节青年男女在河水边相约游春的场景。整首诗歌读来只觉春光烂漫、柔情旖旎，似乎有情歌相和的声音，隔着水风，一路飘荡到人的心底。

它轻声回旋，曲乐悠扬，一遍遍的咏唱直把人心都熏得柔软。捧着书卷只想祝愿士与女，会有重逢日，会有相守时，会收获人世间最纯美浪漫的爱情。

相传郑国有这样一种习俗，三月上旬的巳日，正逢阳光明媚、春风和煦的好时节，所有人都要到溱河洧河里沐浴，让滔滔东流水洗去身上的宿垢，将陈年旧日的不幸不祥全都带走。所以这一日的河边，总是人潮熙攘热闹非凡。

春日里来，檐下的燕子总是成双成对出入相随，年轻的人儿胸中总有一些别样的情愫在涌动，好似在盼望、好似在等待，说不清道不明，千丝万缕撩拨人心。情绪翻腾到嗓子眼，急需一声清啸、一曲高歌来排解。所以从三月三上巳节开始，月光下总有多情的歌声，破风踏云而来，缭绕蒸腾的水雾将之浸润，格外清扬动听。多少人就听着少年的心曲，回想当年自己的爱情，所以三月的春城夜，空中总是飘浮着甜梦。

月儿也贪恋三月里带着花香的梦，不过十几日光景，便从纤细的一弯吃成了滚圆的玉盘。

他从来没有见过这么喜欢生气的女孩子，为了赔礼道歉，自己一连在涣涣溱水边唱了三天三夜的情歌，她竟能鼓足了气，从头到尾都不曾露面。

上巳节那天，他的确不该先行前往溱洧边一观节日的盛况，哪怕是因为她迟迟不来，自己等得百无聊赖。哪怕当时就一路道歉，又陪着她在河边走了一遭，却也无法令伊人稍稍开颜。平常最是喜欢热闹的小女子，竟会嫌这河边太过嘈杂，一本正经往草野中行去。他诚惶诚恐在后面跟，不敢言语，生怕笨拙的自己一不小心就会火上浇油。

【〇六七】

一路行至青青芳草地，他才惊觉一向喜欢跟自己穿同色长袍的假小子，今天居然穿着月白色裹边的粉色襦裙。一贯高高束起的长发居然盘成了精致的髻鬟，耳畔晶莹剔透的明玉珰与发上的桃花钗交相辉映，虽然只看得见背影，却也想得到今日她定是盛装来赴约。

小女儿的心思最是难猜，更何况一向精灵古怪如她。姑娘在草丛中挑拣，似乎纯粹是为了好玩儿，他就这样痴痴地看着，突然觉得眼前这个从小玩到大的玩伴，既熟悉又陌生。仿佛昨天她还是因为上了树下不来而哇哇大哭的小女孩，此刻却突然成了多愁善感的翩翩少女。

她突然转过头来，笑着招呼他过去，右手紧握成拳，仿佛发现了什么了不得的宝贝。眼眸中盈盈的笑意像是暖暖的春江水，隐隐若有光，他突然觉得心跳漏了一拍，仿佛有什么东西正在萌动……

虽说已经入春，但是深夜里的水汽还甚是冰冷，昨日只觉嗓子有些发痒，此刻却头昏脑涨，声音嘶哑低沉。看来今夜是无法为她而歌了，也罢，从春江花月夜唱到秋山落木霜，从林间双飞的惊雀唱到水中并蒂的芙蕖，所有可以想到的美好，都被他用来歌唱爱情。她一直没有回音，或许是自己会错意了吧。

他从小就害怕虫子，尤其是肉乎乎的蠕动的那种。差不多到了一碰到就跳脚的地步，为此不知被人嘲笑了多少次，特别是假小子一样的她，一生气就想方设法捉虫子来吓唬他解气。有一年冬天，她甚至为此在雪地里刨了一天，弄出一条蜷缩着冬眠的大肉虫来，握在掌心骗他伸手。

然后歪着头看他在雪里乱跳的狼狈样，蹲在一旁捧着肚子笑。

所以当她握着拳招呼他过去，他的第一反应就是后退，摇着头连连后退。她眨巴着眼睛说不是虫子，他还在犹豫，小丫头却一摔手，怒气冲冲地走了。她生气的时候总是走得飞快，似乎愤怒给予了她行走的力气。傻小子还愣在原地不知道发生了什么，伊人便已经远去，茫茫草野上，只剩下一个渐行渐远的小小背影。

他伏在那儿找了好久，才找到被她小手捏得皱皱巴巴的草芍药。三月是万物萌发的季节，这草儿虽早早开始生长，此时却依旧还是小小的一株，一看就是被那丫头用力拔出，细弱的根须上还带着泥土。她从来就是想到什么做什么，不怕脏乱不拘世俗的率性女子，他根本想不通，她为何要因为一株野草生气。莫不成，原先这草上真的匍匐着某种小虫子？捉弄不成，恼羞成怒啦？他真的没有见过这么喜欢生气的女孩子。

然而当兄嫂看见他手中的野草，笑问是哪家女孩子赠予他草芍药，要不要备好礼物上门求亲时，他才知道真的是自己太笨，难怪她会如此生气。

原来乡亲们口中的草芍药，便是古人离别时互赠的江蓠。古辞书上说，它“苗似芎䓖，叶似当归，香气似白芷”，古时情人在将离时便会互赠此草，表示彼此即将离别。一如今人在送别时攀折杨柳枝相赠，谐音“留”，都是寓情于物，借来诉说心中的不舍。

还有一种说法，古时芍与“约”字同声，美人赠之以芍药，是希望与君子结下婚约。

自己真是枉为钟爱古籍的读书人，居然连这么重要的情意都领会不得，他既悔恨又懊恼，生生把自己折磨得辗转难眠。于是披衣赏月，一路夜行至溱洧边，他听到有人在唱关雎，“窈窕淑女，君子好逑”被那人唱得格外情深意重。歌声径直闯进他心底，才知晓原来萌动的芽儿是爱情啊，原来青梅竹马正是心仪的姑娘呀。

他从那一夜开始为她歌唱，隐身的幽篁正对着她的窗，少时他们经常在这竹林里挖笋，用来烹调他刚猎到的野味。

他唱云想衣裳花想容，看着夕阳下绚丽的云彩便想起姑娘盛装赴约的模样，看着春日里纷繁的鲜花便思念姑娘含笑的容颜。原来日复一日的相处中早已是情根深种，可恨自己实在是木讷，这表白的话儿难道还要她来说破。

他唱南有樛木，葛藟萦之。世上从来都是藤缠树，从来都是君子钟鼓以乐佳人，但愿一曲清歌能让她心平静，但愿她能懂得其中的深情。亲爱的姑娘啊，他迫不及待想要娶你为妻，可否开一开轩窗，给这期盼的心一点儿光？

只可惜今日，是无法歌唱了。心中的疑惑、忧惧，心中的悔恨、期盼都只能郁积，化成浓愁压在年轻的心上。

她还在生气吗，还在怪他不解风情吗？或者说，她是落花无意，不知怎么拒绝？

如水的月色将土地照得通明，他在这竹林中久久徘徊，纷乱的脚步似乎要踏出什么图案来。月光下竹影婆娑，似乎是一幅浑然天成的水墨画，你看，那有翩跹的身影入景来。她在月光下盈盈一笑，笑得他连心跳都漏了一拍……他从来没有见过这样爱笑的女孩子。

诗歌诗歌，诗原本就是和着音乐而唱的歌。即便是在后来的流传发展中，诗渐渐脱离音乐而独立，它依然留存着音乐的痕迹，比如平仄、比如韵律，仍然使它读来便如乐声一般美好。所以在我们的文学传统中，吟诵情诗往往就相当于古人一曲清歌，聊以抒怀心中的爱慕。

就像是《西厢记》中一墙相隔，张生在溶溶月色下对莺莺吟诗，才情斐然、爱意深重，所以将那闺阁女儿的芳心打动，以诗相应和。这邂逅如此浪漫，直教人私许终身，从而才有了如此经典的爱情故事。

就像是《边城》中月下山头，傩送为翠翠唱歌，那歌声在溪水上、竹林里、白塔前处处浮动，竟然飘入姑娘的睡梦之中。让她被这歌声托起，飘浮至云里雾里，至山巅云端，采摘她心心念念的肥美的虎耳草。

少年的歌声澄澈，他们的爱情也纯净无邪，干净得如云间月、无根水。所以这么久以来，爱情才格外打动人心。

所以姑娘啊，不要再羞涩了，如果遇到爱慕的君子，便把彤管相赠，便把江蓠来送，便把手中的莲花向他抛。请抬起你的头，让他看见你的欢喜，看见你的眼波。总有一天，会得到你所向往的爱情。

所以少年啊，不要再迟疑了，如若遇到心仪的那个她，便在月夜下到她窗前，清歌一曲吧。唱出你心中的爱恋来，唱出你心中的情意来，不要吝啬最华美的言辞，尽情地赞美，尽情地歌唱吧。终有一扇窗儿，会为你打开。

卷三

成婚：洞房花烛夜，携手写婚约

爱情中最美满的时刻就应该是洞房花烛，大婚之夜。尔以尔车来，我以我贿迁，自此将我的姓氏冠在你的名前，一生一世一双人，白头偕老不离分。

在那怒放的灼灼桃花中，少年骑着骏马，向自己的新娘奔去，多日以来苦苦思念佳人的心终于可以放下，终于可以将那梦中的美人拥入怀中。喧嚣的锣鼓呀，奏着一曲古老的《鸳鸯》，愿天降福禄给这对新人，愿你们享有平安喜乐的爱情。

养在深闺的姑娘啊，早在明月未落的时候便开始对镜梳妆，母亲为她梳理长发，把知心的话儿细细交代，愿只愿心爱的女儿能够宜室宜家。定情的金玉凤钗在她髻鬟间振振欲飞，桃花制造的胭脂更衬得美人容颜绝色，小女儿心中尽是欢喜、偶有忐忑。大红的嫁衣上身、精致的盖头掩面，羞涩的少女呀即将成为别人的妻，愿你遇上心意相通的有情郎，愿你温柔长情顺遂一生。

南山割下来的荆楚静静燃烧，缭绕的香雾之中，伊人的眼眸更加缠绵多情。满室悬挂的红纱一如新人体内流动的热血，直教人心神荡漾、为之失魂落魄。窗外群星虽璀璨，却抵不过美人流转的眼波，那明月纵然皎皎，又怎敌君子周身的气宇？良缘就此结下，我与你携手写下那浓情蜜意的婚书，自此一生相守，不离不弃。

新婚时候的甜蜜，自然比恋爱时分有过之而无不及，君子与美人，共处一室、日月相随，要生出多少旖旎浪漫的故事来。

清晨的第一缕阳光拨开云层，把人从甜蜜的梦中唤醒，我能想到最浪漫的事，自是睁开眼就可以看到比日光还要明媚的你。我们并肩看杨柳吐出嫩绿的芽儿来，我们同在屋檐下听雨打在芭蕉叶上的声音，你在我身边，说风渐暖桃花应该开了吧，说要把每一日的心情谱成曲唱成歌……最美好的爱情，不过就是每时每刻、有你有我。

大婚之日，新人们携手推开幸福的大门，这样的好意头里，自然少不了丝丝入耳的完美乐章，自然就应该有一曲温暖缠绵的《桃夭》、一首欢快戏谑的《绸缪》、一支祝福满满的《樛木》。亲朋好友们喝一杯醇美的喜酒，且歌且唱，且随着音乐舞动，把最美好的祝福说给新人听，唱给天地晓。

今夕何夕，见此良人。子兮子兮，如此良人何？

我遇见你，满树烟霞
——《周南·桃夭》

周南·桃夭

桃之夭夭，灼灼其华。
之子于归，宜其室家。
桃之夭夭，有蕡其实。
之子于归，宜其家室。
桃之夭夭，其叶蓁蓁。
之子于归，宜其家人。

【〇七七】

《周礼》云：仲春，令会男女。

当二月的阳光丝丝缕缕熏暖了空气，一场轰鸣的雷雨唤醒了沉眠的生灵，仿佛就在这一夜之间，冰雪消融，万物复苏。流水开始奏乐，繁花自来装点，多情的鸟儿声声吟咏着浪漫的遇见，这温暖明媚的春天，杨柳风吹得人心热，桃李花惹得情思乱，本就是适合恋爱的季节。

山那边隐约送来一两声喧锣，喜庆乐声声声入耳，山脚下，道路陡然一转，一顶火红的花轿便迫不及待地冲进人们期待的视野中来。

红艳艳的轿帷下跃动着鹅黄的垂缨，在山前云蒸霞蔚的桃花中行走，好比一团燃烧的火焰，逼得灼灼桃花也黯然失色。

随行的侍女吟唱着《桃夭》，嗓音清冽如深山甘泉，滴滴直入心田，重章叠咏间盛满了最美好的祝愿。这花轿一步步远离茂密山林，一步步走进广阔原野，踊跹，将归谁家庭院？

想来轿中娇羞的新娘定是二八芳华，容颜如花；今朝月色尚朦胧，她还在闺阁铜镜前细细梳妆。娘亲温柔地打理着她如云的青丝，口里喃喃道着“一梳梳到尾，二梳白发齐眉，三梳子孙满堂……”的吉祥话语。

女孩望着镜中母亲的表情，明明在笑，却又仿佛含着泪，尚年幼，并不解其中万千滋味。她又看看镜中自己绯红的容颜，满心都是去年桃树下结识的那位翩翩少年郎，从此他将成为她的夫君，成为她生命中最重要的另一半。

去年此时，他们相识在灼灼桃花下，他对着她唱一首表白心意的凤求凰，声音坚定，却又带着一丝羞涩；落英纷纷、衣袂飘飘，她的心跟随着风中摇曳的桃花瓣，旋转、沉醉、不知天地为何物……

终了，终了，发髻高高盘起，雕花簪子插入发丝，串珠步摇摇曳生姿，少女不忘替自己簪上一枝新开的碧桃。眉如远山、肤若凝脂，眼含秋波、面如桃花，她为心上人绽放自己最美的容颜。

快了，快了，凤冠霞帔，她周身灿烂如烟霞；龙凤盖头，将这娇羞的眼眸暂时收下；莲步轻移，从此将要离开这熟悉的父母、山水、人家。

热闹嘈杂中新娘上了花轿，一曲《桃夭》在耳畔悠扬地响，女孩不自觉轻声唱和“桃之夭夭，灼灼其华。之子于归，宜其室家……”

但愿啊，但愿这一去能够宜其室家。轿子摇摇晃晃，凤冠下的姑娘呵，就这么一路走进另一个家庭，逐渐将小女儿家的娇羞全褪去，日日为心上人洗手做羹汤。这灼灼盛开如云如霞的桃花不久就会落下，当桃子满枝丫时，新娘也早已换下了嫁衣，大概坐在长廊中，为丈夫缝制温暖的冬衣吧；当蓁蓁桃叶落尽，为层层白雪所覆盖，昔日的姑娘定是在厨房忙碌，亲手为家人烹调美食吧；冬去春来，说不定去年的小女儿今年已经初为人母了吧……

就这样一年一年桃花谢了又开，小孩子蹒跚学步、咿呀学语，摇头晃脑上了学堂。终有那么一日，曾经的新娘将会在自己女儿的闺房送她出嫁，当她执着黄杨木梳，轻轻梳理着女儿的黑发，喃喃重复着昔日的吉祥话，终会在这一刻完全懂得自己母亲那种“带着笑，又含着泪”的复杂表情；并且情不自禁露出了同样的神色。

女儿嫁得有情郎，母亲定会被她洋溢的幸福所感染，只愿她这一去，一生都顺遂安康；可转念一想，自己精心培育的花朵就这样低入凡俗烟火中，她又感到委屈和难受，满是不舍。一颗心欢喜又忧愁，怎么可能不是笑容中含着泪呢？

罢了，罢了，桃花正艳了，且让它自己开放吧，来，最后再为她唱一曲《桃夭》吧。

桃之夭夭，灼灼其华。之子于归，宜其室家。

桃之夭夭，有蕡其实。之子于归，宜其家室。

桃之夭夭，其叶蓁蓁。之子于归，宜其家人。

《桃夭》就应该是这样一幅画，如烟霞般绚烂的灼灼桃花都是浪漫爱情的天然陪嫁，我遇见你，桃花盛开如火如荼；我嫁给你，桃花灼灼像是天际跌落的云霞。

《桃夭》就应该是这样一首歌，一句句一声声唱着家人对新嫁娘最美好的祝愿；一字字一调调歌着女子对婚姻生活最明媚的憧憬。

一首古老的《桃夭》，诗中有画、画中有诗，诗画之外还自带清幽的韵律；这一经典之作便促成了桃花在中国古典文学中代表浪漫、代表爱情的传统。三月桃花，无论是依偎着杨柳开在江南烟雨中，还是兀自盛放点缀在山野关外，这粉嫩的色彩本就能够抓住人的眼眸，丝丝片片，熏得人沉醉。它最能够唤醒人心底的柔软，激起一圈圈浪漫美好的涟漪。

桃花最好的知己当是唐伯虎和林黛玉。

江南才子唐伯虎，声名在外，最是放荡不羁的风流书生，他的一首《桃花庵诗》，最能展现他潇洒阔达的胸怀：

桃花坞里桃花庵，桃花庵下桃花仙，桃花仙人种桃树，又摘桃花换酒钱。

酒醒只在花前坐，酒醉还来花下眠，半醉半醒日复日，花落花开年复年。

但愿老死花酒间，不愿鞠躬车马钱，车尘马足显者事，酒盏花枝隐士缘。

若将显者比隐士，一在平地一在天。若将花酒比车马，彼何碌碌我何闲。

别人笑我太疯癫，我笑他人看不穿，不见五陵豪杰墓，无花无酒锄作田。

桃花开时极尽绚丽灿烂之能事，一树桃花就是一树熊熊燃烧的烟霞，仿佛要将世间所有的颜色都比下去；桃花落时只需一阵风一场雨，花瓣丝毫不留恋枝头的高傲，永远都是尚在开放中便毅然跌落，化作春泥，精心培育着果实和来年的花季。唐寅就是在这骄傲的灿烂中悟出了人生的真谛：人生苦短、世道轮回，唯有我心安宁、我身洒脱是唯一的永恒。

他懂桃花，桃花大概也爱他，才会年年盛放如虹，甘愿为其换一杯清酒吧。

潇湘仙子林黛玉，在红楼众女子中因才情而格外出众。她的容颜神态是绝美的画，她的行动举止是天然的诗。黛玉葬花从来都是艺术臻于至美的代言词，其中韵味道不尽、画不出；而她在沁芳闸桥边所葬的便是纷纷坠落的桃花。

她肩上担着花锄，锄上挂着花囊，手内拿着花帚，窈窕行来，向宝玉娓娓道来葬花的缘由：“撂在水里不好。你看这里的水干净，只一流出去，有人家的地方脏的臭的混倒，仍旧把花糟蹋了。那畸角上我有一个花冢，如今把他扫了，装在这绢袋里，拿土埋上，日久不过随土化了，岂不干净？”

这一段天生而成的情思，这诗书熏陶出的多情的灵魂，如何不令宝玉怦然心动？

以至于二人在落花中读《西厢记》的场景一度出现在读者眼前梦里，宝玉情不自禁的调侃，黛玉微腮带怒，薄面含嗔的小表情引来宝玉连连道歉，黛玉破涕为笑……曹公将青梅竹马、两小无猜写尽了、写透了，而桃花不也一直在舞动，竟像是甘愿沦为这美好爱情的俘虏。

黛玉因不舍而葬花，因情动而在“如花美眷，似水流年”的曲词中泪下，她的心思正是深闺女儿陷入爱情时最敏感、最多情的那一段，读来真是我见犹怜。她若能成为桃花下盛装的新娘，等到心上人为她唱一曲《桃夭》，该是多么美好。

当前所流行之玫瑰，毕竟是舶来者，美则美矣，却勾不起人心底最温柔最甜蜜的情愫……倒不如仲春时节，三月三上巳节，少男少女出游，攀折桃花为赠，为簪，为信，回归属于我们的最古老最长情的浪漫。

但愿我遇见你时，灼灼桃花，满树烟霞，我们就在桃花下相爱吧。

我如果爱你
——《周南·樛木》

周南·樛木

南有樛木，葛藟累之。
乐只君子，福履绥之！
南有樛木，葛藟荒之。
乐只君子，福履将之！
南有樛木，葛藟萦之。
乐只君子，福履成之！

和《桃夭》一样，这是一首热烈喜庆的婚礼颂歌，在喧嚣的锣鼓中，人们大声地唱响心中最美好的祝愿。桃之夭夭，一如新娘娇美的容颜，桃之多实，祝福年轻的夫妻多子多孙，福寿绵长。樛木坚挺，蔓蔓葛藟绕上树干，它们相依相伴最是缠绵，祝福新婚的男女举案齐眉永结同心。

《桃夭》对新娘唱着“宜室宜家”，《樛木》则是一首祝贺新郎的诗，它将君子比作刚强的樛木，将美人比作柔顺的藤丝，祝贺君子求得淑女，祝愿他可以在婚姻之中享受这天赐的福履。

马背上英姿飒爽的新郎啊，匆匆前去迎娶的可是他心爱的姑娘？她是否有花一样的容颜，水一般的柔情？她是否天真善良，宛如藏在妆奁内的璞玉？他会在这美好的日子里许下什么样的承诺，他是否做好陪伴她一生的准备？他可知爱情的滋味，时而香浓胜过最醇厚的琼浆，时而甜蜜好比槐花蜂糖，时而却苦涩如黄连、酸楚如未熟的青梅果，愿他与她同品尝这人世间的千滋百味，愿他与她共经历这人生路上的风霜雨雪。

母系社会结束以后，中国经历了尤为漫长的封建社会，男尊女卑的观念愈演愈盛，最终固定成牢不可破的社会现实。

自古以来，政治、经济、军事全都是男性的天下，从杜丽娘到林黛玉，多少美好的女子都被牢牢禁锢在闺阁之中，在家从父、出嫁从夫，她们几乎完全沦为男性的附庸。可是爱情它本就应该在相互平等的基础上萌发，如果她视他为生命的全部，他却视她为可有可无的依附，那么这段关系从一开始便注定了是悲剧。尤其是女性的悲剧。

在以男性视角为主体的古典文学中，女子的形象一般都空洞到只剩下美丽的容貌和绝对的痴情，鲜有自己的声音、自己的思想。所幸的是在相对开放的先秦，还有这样一部《诗经》，能让人听见女孩们的歌唱。

她们热烈地渴求爱情，仰慕心中的君子，她们苦苦地思念夫君，只羡鸳鸯不羡仙。在被抛弃之后，她们绝望而愤怒地流泪，谴责着男子的薄情，她们潇洒而决绝地离去，不向任何人屈服。她们是扑火的飞蛾，她们是带刺的玫瑰，她们才是鲜活的女子。

可是亲爱的姑娘啊，多希望你成长为骄傲的木棉，有足够的力量和身旁的乔木风雨与共。而不只是这攀缘的葛藟，把生存的希望全都寄寓在他人身上，任凭他冲破荆棘高耸入云，唯独自己滞留在这不见天日的幽深密林。

亲爱的姑娘啊，如果你真的向往爱情，那你就应该成长为坚毅的木棉，站在他身旁饱餐雨露、沐浴日月。你应该和他站在同样的土地上，有着同样辽阔的视野，然后枝枝相覆盖，叶叶相交通，把那缠绵悱恻的情歌，一唱便是千百年。

他记得这无边的黑暗持续了很久，往任何一个方向看都是浓得化不开的黯淡。他耳边一直回响着母亲温柔的叮嘱，她说："孩子们，要乖乖待在泥土里，等到四周都温暖起来的时候，努力地生根去吸收水分，喝饱后再用力地向上钻吧，妈妈就会在外面等着你们。"

他十分怀念温暖的阳光、和煦的春风。他从来没有喝过这样多的水，四面八方的根系传输过来的水分几乎要把肚皮胀开；他鼓足了劲儿往上钻，冲破一层松软的泥土，咚的一声撞得眼冒金星。他知道自己遇上了石头，妈妈曾说，那是嫩芽儿的克星。大脑空白了一阵，试着往旁边探索，然而触得到的地方，都是如此坚硬的石头。他不记得用了多久，不记得向上顶了多少次，头上结出厚厚的痂来，连刺骨的疼痛都变得钝了……

有一日他醒来，伸一个长长的懒腰，睁开眼的时候，居然看见了小小的一片蓝天，他高兴得手舞足蹈，声声呼唤着母亲。然而并没有回音，他细细地打量周遭，才发现这是一个陌生的地方，没有熟悉的橡树林，没有熟悉的小松鼠。现下已是盛夏，今春萌发的小伙伴早已长得老高了，它们的叶片细细的，像刺一样。

或许，长高一些就看得到妈妈了。他努力地伸张根系，拼命地打开叶片，尽可能多地承接雨露阳光。他自己也不知道过了多久，只知道自己的视线已经可以看到山那边的山了，却依旧没有看到妈妈。

他成了这山谷中最挺拔的帅小伙儿，日复一日，还在不停地生长着，只不过，自己也说不清是为了寻找些什么了。有一年百花盛开的时候，山间一树一树怒放的桃花像是一条粉色的小溪，又有一双雀儿在他枝丫间安了家，天天你侬我侬，情歌相和。他突然很好奇爱情究竟是什么，自己是不是应该寻找一个合适的伴侣呢？

记得曾有一条柔美的小溪，从他还在黑暗的泥土挣扎时开始，便日日为他送来甘甜的水源。她甚是娇羞，总是静静地走来又默默地离去，偶然在自己的水波中留下他的影子，便一路欢腾雀跃而去。那时他一心想要长得更高，毫不客气地接受着溪水姑娘的慷慨，毫不在意她越来越瘦削的身躯。直到她最后一滴眼泪也融入他的身体，他才惊觉自己的心里多出来一声轻叹。

这难道是爱情吗？他不知道。他觉得自己心中并没有泛起涟漪，并没有想要手舞足蹈且歌且唱的冲动，所以，这或许是溪水姑娘所寻找的爱情吧，只可惜并不是他所寻找的。

记得曾有一棵娇美的凌霄，彼时他刚比身边的松树林高出一个头，她便抛弃了原先依附的松木，紧紧地把他缠绕。她热情似火，似乎总有说不完的话，她说她最爱高大的乔木，那样就可以高攀在枝头，让更多人看见自己的美丽。她说她享受着别人仰慕的眼神，却对醉倒在她裙摆下的小树们不屑一顾，甚至冷嘲热讽。

一开始他尚会津津有味地欣赏她在晨雾中梳妆，可是渐渐地他便发现这骄傲的花儿把所有的精力都放在了打扮上，她从来都不会努力寻找水源和阳光，总是毫不客气地攫取别人的养分。她的眼睛长在头顶上，老是嘲笑那些尚在努力生长的树木。他心中渐生厌倦，那一丝欣赏的情愫便渐渐冷淡了。

后来，他乘着风越长越快，枝干修长挺直并无旁斜，她细弱的手臂无法再环绕，便落在了低矮的林间，未曾共上云霄。他知道，那也不是自己所寻找的姑娘。

记得曾有一只活泼的鸟儿，那时他已经高耸入云，一年中除了风雨声，可以听见的便只剩下他自己的心跳。她每年春季，都会艰难地飞上高空，在他头发中搭一个简单的窝，然后颤颤巍巍地站在枝头，一曲接着一曲地唱着浪漫的情歌。他原本满心欢喜，以为这悦耳的歌声属于他的爱情。

可是这鸟儿实在是太弱小了，这高空中天气变化本就激烈，她不是被风吹落，便是被雨打落。甚至还埋怨这太阳实在刺眼，这云雾挠得翅膀发痒，她站在他耳朵上时，根本就不敢睁开眼睛去看远处的风景。即便他聚拢所有的枝叶来呵护她，也无法使她安心。她每日都叨念着让他停止生长吧，再高她就飞不上来了。

终于有一天，她又一次被大风刮落，他苦苦地等，她却始终没有摇着颤抖的翅膀飞上来。对一只鸟来说，这云端树巅实在是太高了。他渐渐明白，不能共赏日月星辰的姑娘，根本不是他所寻找的伴侣。

他觉得寻找爱情好难，自己好疲惫，于是闭上眼睛休憩，不知何时沉沉地睡了过去，梦里似乎又回到无垠的黑暗之中，他一次又一次想要顶开头上的巨石，一次又一次失败，最绝望的时候，似乎有一个声音在耳边说着：“加油，我相信你。”

他是被一阵轻柔的触碰唤醒的，似乎有人伸过来细嫩的小手，轻拍他的叶片。有一个熟悉的声音，在风里说：“快醒醒呀，我来了。”于是他缓缓地睁开眼睛，竟然看到身边多了一个英姿飒爽的身影。露水在她发丝上凝结，将她的脸蛋浸润得格外娇嫩可爱，她温柔地侧着头，满眼都是他。

他以为是梦境，难以置信地揉着眼睛。伸出手去轻轻触碰那些叶片，如此清凉，绝不是梦。这是一株木棉，巨大的木棉，与他比肩并力的木棉。同一块土地上长出两棵乔木来，她一定比自己还要努力吧。她又是为了什么一定要站上这云端？

她眼中满是柔情，答案不言而喻。

原来爱情是如此甜蜜，他们的根在泥土中相握，他们的枝叶在风中相抚摸。他们肩并着肩，抬头迎接日出月升，璀璨星辰。风雨大时，他们紧紧相拥，度过一次次的劫难。他们依偎着看远处的山峦和更远处的海洋；她有鲜艳如火的花朵，他有饱满圆润的果实，他们是这天地间最适合彼此的一对儿。

你听风起时，有乔木在云端歌唱，枝叶摩挲发出悦耳的乐声，整棵树在风中欢快地舞蹈。你听月明时，有大树在空中讲情话，枝丫碰撞似乎是悦耳的笑，树影摇曳仿佛是醉倒在爱情中了吧。

你说，世上还有什么能比这更美好呢？

兮夕何夕，洞房花烛
——《唐风·绸缪》

唐风·绸缪

绸缪束薪，三星在天。今夕何夕，见此良人？子兮子兮，如此良人何？

绸缪束刍，三星在隅。今夕何夕，见此邂逅？子兮子兮，如此邂逅何？

绸缪束楚，三星在户。今夕何夕，见此粲者？子兮子兮，如此粲者何？

在中国民间，一直将“久旱逢甘雨，他乡遇故知，洞房花烛夜，金榜题名时”并称为人生四大喜事。其中，“久旱逢甘霖”是农夫最深的祈求，“他乡遇故知”是游子的喜出望外，“金榜题名时”是学子十年寒窗苦读的回报，从某种意义上来说，这三种欢喜都是有着一定的身份限制。唯“洞房花烛”之喜，是每一个平凡的人都可以拥有的，因而也就成了最能引发共鸣的期盼。

爱情中最神圣的时刻正是嫁娶之礼，姑娘为心中的君子盛装绽放，凤冠霞帔成为灯火中最灿烂的明珠，少年为心中的伊人驾马来迎，一身喜袍从此成为顶天立地的大丈夫。

纯粹的爱情是他们结合的缘由，在满天星辰里对彼此许下最真诚的誓言，责任与陪伴自此成为爱情中永恒的话题。

《诗经》作为民间歌谣的收录文集，大量的情歌作品中自然也少不了有关婚礼的颂歌。一曲《桃夭》是唱给新娘的祝愿，一首《樛木》是对新郎的祝福，《鸳鸯》与《绸缪》则是婚礼进行中最热闹的颂歌。

《鸳鸯》记载了贵族婚姻的豪奢，而《绸缪》则是属于民间的热闹。酒酣饭饱，亲邻们围绕着一双新人，唱着“子兮子兮，如此良人何？”

谈笑声不绝，新人渐渐绯红了双脸。大红喜烛燃尽，满天星火阑珊，群声歇、众人散，四目相对、一室旖旎，子兮子兮，如此邂逅何?

他何尝不是在摇曳的灯影中回忆，究竟是在怎样的情况下，遇见一个如此美好的她?

似乎那场邂逅，一点儿也不美好。

他在那片山林转悠了好几天，才终于在一棵古树附近，听见了小狐狸微弱的叫声。三月连绵的春雨，催得林下野草疯长，原本就狭长的树缝，半是落叶堆积，半是草影横斜，若不是小兽嗷嗷待哺的叫声，根本就不会有人发现这巢穴。话说回来，这一带几乎是处于山野最深处，荆棘横生、泥沼暗布，平常根本就不会有人前来。若不是自诩为优秀的猎手，若不是亲眼看见了那只白狐漂亮的皮毛，他也不会凭着一股初生牛犊不怕虎的冲劲儿，一路追着猎物在深山里迷了路。

还在哺乳期的白狐似乎察觉了有人跟着，几日来一直在密林中兜圈子，多年猎狐的经验让他确定巢穴定在不远处，反正干粮早就吃完了，索性跟这狐狸一耗到底。一夜又一日的寻觅，终于在黄昏时，听到了小兽嗷嗷的声音。白狐看上去刚刚生产完，若是能找到小狐狸，何愁它不出现。在这个念头的支撑下，凭借一掬清水，一捧新发的嫩芽儿，他久久埋伏在半人高的荆棘丛中，最后甚至觉得身下的泥土都散发着诱人的甜香。

【○九五】

在他觉得身体都快要僵掉的时候，树后的蔓草丛，突然传来一阵窸窸窣窣的声音，隐约有一道白色的影子在晃动。手中的竹箭明明是瞄准那只大大的白狐尾，为何倒地之后竟会响起一声女子的嘤咛？常听老人说，狐狸是最有灵性的动物，成精之后往往变作美丽的女子。他吓得腿软，倒是那草丛中的女子先站了起来。

她不过是穿了一件白裙，不过是碰巧在深山中采摘鲜嫩的蕨菜，所幸那支沾有药汁的竹箭只是贯穿了她的裙摆。她受到惊吓，原本怒气冲冲要来教训一下鲁莽的猎人，却反而被他惊恐的模样逗乐了。颇费了一番功夫，他才最终相信眼前是一个普通的女孩，而非什么妖孽鬼怪。

跟着她走出山林的路上，一向骄傲的年轻猎人几乎一直被取笑。他从来没有见过如此爱笑的女子，他辨认不出哪种野菜无毒、分不清哪条小路通向山外，她便嘲笑不迭。自己明明只是一个优秀的猎人，明明只是一时任性才闯进陌生的山林中来，他一边嘟囔，一边乖乖跟在她身后……

所以这场意外的邂逅，根本就不愉快不浪漫，他跟丢了一只白狐，还要在一个小丫头后面挨训。

他自己也说不清楚，为何要拎着刚刚打到的小鹿再次来到这小茅屋前？难道是为了再来听小丫头的取笑吗？自从三月初相逢，她在家煮了一大锅面条来招待他之后，他总是喜欢到深山中破落的小屋来：四月送来各种菜苗，帮她耕种、翻整茅屋，七月送来一只肥美的野兔，十月背着新收的稻谷上了山……为了差点儿误伤她赔礼、为了感谢她带路、丰年稻谷吃不完，每一次他说出自己送礼物的原因，她总是会看着他笑，那笑容仿佛洞察一切，直教他面红耳赤无法应对。

正在想应该用什么样的理由让她收下礼物，出神之间，肩头忽然被人重重一拍，吓得他一个踉跄险些跌倒。熟悉的笑声从背后传来，他突然之间就知道了自己为何前来。

只因为多日以来，连梦中都充满她的笑声。只因为想念，只因为动了心。

“哇，你猎到野鹿了，这天气正好吃烤肉了。正好去年的清酒还剩下一小瓮，埋在梨树下了，不如共饮一杯？”她的大方爽朗瞬间化解了他的尴尬，“好呀，一路走来喝了一肚子凉风，正想着喝一杯热酒呢”。

围着熊熊燃烧的火堆席地而坐，新鲜的鹿肉烤熟后散发出格外诱人的香味，她就在对面，不知因为酒醉还是火熏，面色绯红。他明知自己酒量不佳，却有意多饮了几杯，卡在喉头的几句话，总是需要一股劲儿才能喷薄而出。

“你愿意下山去生活吗？”

“嗯？”

“我是指，你愿意嫁给我，跟我一起生活吗？”

沉默，良久的沉默……他一直低着头看燃烧的柴火，红彤彤的炭火，慢慢变成银灰色，像他越来越冰凉的心情。想要起身的时候，才发现原来丫头不胜酒力，早就已经醉倒了。也不知刚刚的话她有没有听到，门外风刮得紧，刚刚消歇的火苗又腾地一下蹿起来了。他加了一些木柴、给她披上衣裳，独坐在门槛上看着初雪，一朵两朵落下来。

往窗户上贴喜字的时候，他心尚在飘飘然，没有落回胸腔。那丫头竟然说梦里有人跟自己表白，说什么没看清君子的容貌，他就在漫天飞雪中把情话又说了一遍，她冲他嫣然一笑，一副计谋得逞的机灵样。他在这笑容里沉沦，甘心沉沦。

大红色的喜被，盖着吉祥如意的撒帐果，一对对红烛整齐摆放，象征爱情的香草静静燃着，花纹各异的喜字贴在每一处，满室都是浪漫热闹的景象。

他走进来坐在新娘子身旁，手里的喜杆紧紧攥着，有点不敢去掀开那鸳鸯戏水的彩绣盖头。窗外门前，挤满了前来祝福的亲邻，有人在唱《绸缪》，一首古老的婚礼赞歌：

绸缪束薪，三星在天。今夕何夕，见此良人？子兮子兮，如此良人何？

绸缪束刍，三星在隅。今夕何夕，见此邂逅？子兮子兮，如此邂逅何？

绸缪束楚，三星在户。今夕何夕，见此粲者？子兮子兮，如此粲者何？

鲜嫩的白蒺束成一捆，祝愿新婚的他们亲密和乐。

满天星辰又如何？怎敌这洞房之夜的花烛，有着最温馨的光芒。鼓乐喧嚣、气氛实在美好，简直要让人忘记了今夕何夕。英俊的新郎啊，你在哪儿结识这么美好的女子，新郎啊新郎，这千金不换的春宵，你要怎样度过？

小巧的薪柴束成一捆，神圣的婚礼仪式见证着最美好的爱情故事。在此良辰，月色星光不过都是陪衬，新人所回想的都是许下承诺那一日的皑皑雪光。心中欢喜难定，记忆一幕幕流转，早已忘却今夕何夕。新娘啊新娘，如此美好的时刻，你要怎样度过？

喜乐热闹的婚礼就是一场神圣的仪式，两个人的爱情在日月星辰的见证之下，融进彼此的余生。把最美的容颜点亮，把最深情的誓言来讲，把最真挚的祝愿唱响，所以有关婚礼的颂歌，总是让人倍感快乐。

一直觉得梁祝化蝶中最美好的设定就是英台在成婚路上，内着丧服外着嫁衣，一身红裳哭倒在心上人坟前，随后毅然决然跳进了裂开的坟墓。她身姿翩跹，本就如飞舞的蝴蝶，她深情缱绻，何尝不是把自己嫁给了山伯。

化蝶，正是完成了一场灵魂的婚礼，一个只属于他们爱情的见证。

一直觉得《红楼梦》中最凄惨的情节正是宝玉成婚时，黛玉香魂消。一边是极致的清冷，烧尽了所有寄托情绪的诗句，流尽了所有欠下的眼泪，一边是隐约的锣鼓，病得痴痴呆呆的宝玉满心期待林妹妹成为自己的妻。

作者并没有费笔墨去描写婚礼的盛况，可是那些热闹，原本就囊括在婚礼的内涵之中，读者自可听见喧扰的钟鼓，自可看见满室的红火，自可想见人们脸上的笑意。所以，才会悲从心生。

中国的传统文化早就将最美好的事物都与婚礼相联系，渐渐固定在每个人的期待视野之中，因而提起婚礼，自然会构想出高头骏马，翩翩君子来迎，华美喜轿，窈窕淑女来嫁。一声锣鼓喧天，满树桃花怒放，钟鼓响、香烟起，所有亲人笑脸来贺。这般美好，皆是爱情啊。愿你与心上人携手，许下最坚定的誓约，完成一场盛大的婚礼吧。

只羡鸳鸯不羡仙
——《小雅·鸳鸯》

小雅·鸳鸯

鸳鸯于飞，毕之罗之。
君子万年，福禄宜之。
鸳鸯在梁，戢其左翼。
君子万年，宜其遐福。
乘马在厩，摧之秣之。
君子万年，福禄艾之。
乘马在厩，秣之摧之。
君子万年，福禄绥之。

这是一首用在贵族婚礼上的颂歌，相较于《绸缪》之中束薪燃烛、亲邻唱和的民间婚礼而言，《鸳鸯》所描绘的场面无疑更为壮大奢华，诗歌的曲调语气也更加正式庄严。不过无论是哪一种热闹，自然都是极致的喜乐，是无差别的爱情颂歌。

所有人都会向往纯粹美好的爱情，对于此，我们向来喜欢用最华美的辞藻来称颂、用最吉祥的事物来比喻言说。似乎唯有最明亮的日月、最清澈的水波、最娇艳的鲜花，能够比拟一二。何况是在婚礼上所吟唱的歌曲，毫无疑问它就应该用极致的美好来起兴。

鸳鸯自古就被认为是专一深情的鸟儿，不管是在芦苇丛中，还是在浩瀚水波上，总能看见鲜艳的雄鸟与温柔的雌鸟相依相偎，出入相随。它们一起寻找草絮搭建爱的巢穴，它们在三月水暖的时候孕育子女，渺茫的水波中往往成双成对地出现，一双倩影儿或是在嬉戏逗乐，或是在为彼此梳理羽毛……在有心人眼中，这双宿双飞的鸟儿最是深情缱绻，最是情意深重。鸳鸯于飞，生死相随，寄寓在鸟儿身上的对美好爱情的向往，让多少人只羡鸳鸯不羡仙。

鸳鸯相依相伴梳理羽毛，少年啊终于要去迎娶自己心爱的姑娘，唯愿他们享有最真挚的爱情，像鸳鸯一样双宿双飞。

【一〇二】

迎亲的四马已经架上婚车，少年啊他终于要接来自己最心爱的姑娘，从此人生路漫漫，与有情人儿相伴相依。唱一曲《鸳鸯》，祝福这对新人，平安喜乐，情意绵长。

一直觉得诗文故事里最盛大的婚礼莫过于金屋藏娇。椒墙暖暖、金屋璀璨，若是能求得心爱的佳人，即便要把世间最美好最奢华的东西都捧到她面前，又有何妨？千金若能博得美人一笑，尽数散去又何妨？

只可惜千金易得，真心难求。世上又有几人能解，佳人她从来都不爱金屋，满心所求不过是一知己良人而已。

她从出生起，便是集万千宠爱于一身。

父亲陈午，只不过是食邑一千八百户的堂邑侯，却有幸娶得馆陶长公主刘嫖，汉文帝与窦皇后的嫡长女，当今天子一母同胞的亲姐姐。在这长安城内，陈家无疑是最为尊荣的皇亲国戚。她陈家阿娇，上有两位兄长，自幼便是父母的掌上明珠、是兄长身后无忧无虑的小妹。

格外偏爱她的外祖母，是宫墙之内最尊贵的窦太后，近年来喜怒无常，就连皇帝舅舅都要事事顺着她老人家，唯独小阿娇可以撒娇任性、承欢膝下，令她老人家展眉开颜。因此皇帝舅舅对她也是青睐有加，特旨允准可以自由出入宫城，恩赐封赏更是流水一般送进闺阁，身份竟比皇帝嫡亲的公主还要尊贵。

【一〇三】

外祖母常说，阿娇的一颦一笑，像极了她自己年轻的时候。

有一次她在窗前梳妆，看着镜中肤若凝脂、貌若春花的小女儿模样，突然就在想，如果某天自己像外祖母一样老去，身边又是怎样的境况？若是如瀑的青丝渐渐花白，若是光滑的皮肤渐渐布满皱纹，若是清亮的眼眸渐渐黯淡，她身边定要有一个和自己一起变老的人，唯有这样，才不会觉得时光流逝是一件悲伤的事情。

镜中的女子皎若云间明月，傲如丛中牡丹，应当找世间最好的男儿来配，才不枉这如花美貌。

母亲说要将她许配给太子表哥刘荣，她素来对这个怯弱平庸的表哥没有好感，本就在家跟母亲赌气，所以听到栗姬拒婚的消息，她心中反倒是欢喜的。

她其实并不懂，为何母亲如此偏执地想让自己成为皇后，难道陈家阿娇，还不够尊荣富贵吗？她未来的夫婿自然得是人中龙凤，更重要的是，他只能爱她阿娇一个人。看皇帝舅舅三宫六院，整日里都被争风吃醋的美人搅得头痛，又有什么好的？

中秋那日，大家都在长乐宫陪侍太后，她照旧偎在外祖母身边，吃着最爱的桂花糖糕，听一众表兄弟轮番上前祝贺。才四岁的彻儿，自幼就是一副小大人的模样，他一板一眼背着拗口的颂词，摇头晃脑的模样逗得外祖母笑个不停。

母亲笑着打趣他："我们彻儿这么厉害，将来长大了可要娶妻呀？"

胖嘟嘟的小孩儿居然正色回答："要的。"

屋里的人儿早就笑得不行，轮番指着身边的宫女问他："这样子的可好？"他一一否决，仿佛在很认真地考虑娶妻这件事情。

她趴在外祖母怀里笑得花枝乱颤，母亲竟然笑着问彻儿："阿娇可好？"她又羞又恼，正想让外祖母开口打断，不料大家都兴致勃勃地盯着堂中小儿，满脸的期待。她突然也有些好奇，有点想知道他会如何回答。

小孩子咧嘴笑了，一字一句地说："好，若得阿娇作妇，当作金屋贮之。"哄堂大笑中她不知为何红了脸庞，可是那个小小的人儿，却始终是神情坚定，仿佛当真在许下什么重要的承诺。她看着他的眼睛，尚不知玩笑为何物、婚姻为何事的年纪里，所有的话儿都那么真诚，她竟有一丝感动。

不知母亲究竟怎样说服皇帝允准了这门婚事，不知在彻儿成为太子这件事情上，自己的婚姻又扮演了什么样的角色，她甚至不知自己是何时动了心。

从许下金屋藏娇的诺言起，表兄妹之间的调笑便总是围绕他二人，她羞恼得不知如何言语时，那个小小的彻儿总是前来解围。他自幼聪慧过人，最是灵活通变，总是能把话题引开，悄悄化解她的尴尬。许是，名字在一起提得多了，她便觉得自然了。

他七岁登基为王，每一步都走得异常艰难，所以心智更是比同龄人成熟得多。后来他渐渐比她高了，对她的宠爱和照顾更是无微不至，她竟有一种视他如兄如父的感觉。他带她去郊野策马奔腾，带她在城楼上看星星，陪她划舟藕花深处眠，陪她一卷诗书听雨声。许是，爱情的开端太浪漫，让人忘记了它还会有苦楚的一面。

黄昏，她在金碧辉煌却冷清空旷的未央宫中醒来，梦里，曾经的恩爱那样清晰。可是昨日，他竟然带了一个女子回宫。她遏制不住心中的怒火，气冲冲地前去责问，他却宫门紧闭，让身边的人劝阻说皇后应该识大体，以国嗣为重。她执意要闯，却看见他满脸柔情，在为怀中的美人画眉。

她还记得那天，爆竹声声，礼乐阵阵，她的脸比身上的喜服还要红上几分。盖头掀开，自己居然真的身处金屋之中，金色的琉璃砖，镶金的镂花窗，描摹着金龙金凤的红烛，嵌着金丝线的大红纱帐。他眼波璀璨，中间定着一个面若芍药的她……可如今，这金屋还在，为何风这么大，心这么凉？

他说皇后善妒，失德，禁足未央宫。象征着爱情的未央宫为何沦为囚笼？她不知，她疑惑。

他的美人越来越多，金屋里连缝隙都盛满了失落和冰冷。他劝皇后既享尊荣，不如放弃执念吧。她不愿，她愤懑。

听说他接连有了自己的孩子，听说他每日都宿在如意阁。她其实根本不在意何为巫蛊，楚服说这些小人偶能给她恨的人带去灾难，能让走失的少年回到她身边，她便心甘情愿地信了。只不过，没想到回来的是那样一个高高在上，暴跳如雷的他，若不是碍于身份，他恨不得亲手杀了她。

他说废后陈氏，终生幽禁长门宫，朕与她，终生不再相见。

多可笑，说与子偕老的那个人，居然说此生不复相见。多可笑，长门宫静寂得连心破碎的声音都听得到。多可笑，她居然指望一首《长门赋》能令圣心转圜。

在好好的楼台上苦等了一日，她竟然以为云雷震动的声音是皇家的车马响，看来，自己的确很久很久没有坐过车，骑过马了。

宫门紧闭，一锁就是一生。

她想，他只是造了一间金屋而已，梦却是她自己造的呀。他只是说金屋藏娇而已，从来就没有许诺一生的爱情呀。

就像那鸳鸯，从来都不是重情的鸟儿，不过是有情人一点儿可怜的幻想罢了。

卷四

思夫：去年一滴相思泪，至今未流到腮边

黯然销魂者，唯别而已矣。

可叹爱情它，从来就不是只有甜蜜一种味道，世间酸甜苦辣百般滋味，都包含在其中，难以剔除。其中最酸楚苦涩的莫过于相思二字，你我虽心意相通，却被迫天各一方，千里万里、山水迢迢，只有浓重的相思，来叨扰、来缠绕。

周王室礼乐崩坏、诸侯王纷纷兴起窃国，春秋战国本就是乱离之世，征役、流亡让多少有情人不得相守。

女子的心本就最为细腻，最容易多愁善感，看流水东去繁花落尽尚且要皱一皱眉头，更何况是与相爱的人儿分离。真不知一颗小小的心脏，如何盛得下这么多忧愁？《诗经》里女子思念征人的诗歌很多，每一首都让人心生不忍，恨不得替他归去，与她相守。

从《君子于役》里殷切的盼望、“青青子衿”中萦绕的思念，到《葛生》里断人心肠的悼亡之语，真真切切感受过她们的思念、她们的忧愁、她们的辛酸，才有可能会懂得为何在《风雨》之中，重逢之后，仍是心有戚戚然，为何会怨怪良人归来。左不过，一个深入骨髓的情字罢了。

你看那落日西沉、牛羊归家，为何那征人不肯归来？

你看那时光流转、美人老去，为何那良人一去无消息？

你看那星河璀璨、情人逝去，为何我在满天的星辰里找不到一点点熟悉？

古时山水遥遥车马缓缓，短暂的人生只够用来与一个人相爱，等一个人归来。我在南方的烟雨中，想象不出金戈铁马的雄壮，悔当初教夫婿觅封侯。我在青灯摇曳的长夜里，恍惚看见饥寒交迫的兵卒，唯愿君，努力加餐勿念妾。

你可知，再多的劳作、再重的思念都不会将那看似柔弱的女子打倒。怕只怕，征人一去不归，流落异乡，连尸骨都无人收。怕只怕，送别那一眼成了诀别，连你最后的遗言我也听不见……

若你归来，自然要怨，怨你让人在漫长的等待中把青春容颜耗尽，怨你安在却无片言只字家书安稳我心怀，怨你归来得迟、怕你还要离开。

若你不归，还是要怨，怨你让人穷极一生白白苦等，怨你让生死携手的婚约成了一纸空言，怨你都不肯入梦来，唤我同归去。

马蹄嗒嗒，非我良人
——《王风·君子于役》

王风·君子于役

君子于役，不知其期。曷至哉？鸡栖于埘，日之夕矣，羊牛下来。君子于役，如之何勿思！

君子于役，不日不月。曷其有佸？鸡栖于桀，日之夕矣，羊牛下括。君子于役，苟无饥渴？

【三】

春秋战国乃一段分裂争霸的时期，频繁的战火给人民带来了深重的灾难，流离失所，行役繁重，乃至于妻离子散，生死未卜，于是乎种种恐惧、忧愁的情绪都可以在《诗经》中寻到痕迹。

山河破碎，江山易主，昔日歌舞场，如今芳草地，一首《黍离》可谓是歌尽了亡国的悲戚。千里远征，背井离乡，胡马依北风，征人思故乡，一篇《击鼓》正是远行人心中的呐喊。然而行役战斗虽然是男人的事情，由战火纷争所带来的离别愁怨却同样加诸女儿心上。女子本就是感性的，所以自古以来，思妇词总是格外忧伤，格外触动人情肠。

《君子于役》正是一首优秀的思妇诗，它表达着空闺妇女心底最哀婉的思念，最殷切的盼望。诗中孤影徘徊的女子，在每天黄昏时，看着落日西沉，看着鸡栖于埘，看着牛羊归来，便会格外企盼远征的丈夫归来。鸡犬尚知日落归家，为何你久久离去不回来？罢了，罢了，听说北方战火连天，你可一定要平平安安，努力加餐勿念妾。她一直都在这儿，等离人归来。

文学作品中有名的思妇词还有一首王昌龄的《闺怨》：

【一一二】

闺中少妇不知愁，春日凝妆上翠楼。

忽见陌头杨柳色，悔教夫婿觅封侯。

简简单单四句诗，便把这千古如斯的愁怨写尽了。

她原是不知愁的闺中少妇，日日梳妆刺绣，描眉作画，似乎根本就没有多余的心思用来思念，用来烦忧。然而那一日忽见春风吹绿了杨柳，心波刹那间紧皱，原来时光飞逝从不为谁停留，距离那日折柳告别已有两个年头。时光它飞快地转，美人迟暮，这世间哪有比虚度年华更悲哀的事呢？

自别后，她日日严妆，何尝不是在等待他随时归来？可这如同辛夷花一般美好的容颜，自开自落却无人欣赏，谁又懂这种清冷入骨的孤寂？他还不曾为她画过眉，眉间的皱纹却越发深了，他还没为她梳过发，这青丝却慢慢地白了。

自别后，独坐空闺的日子都是奢侈的浪费。没有他，她的生命皆为空白。

独自苍老的思妇，不仅思念着远征的丈夫，更悼念着逐渐死去的自己。她们兀自在书页之间哀泣，泪水一朵朵晕开，连读者的心都要被打湿了。

【一一三】

私以为，其中最凄美的一朵，便是江南雨巷中，推门翘首的如莲花般的女子。她静静开放在深院里，专心等待远行人儿归来，谁知岁月蹉跎，美人如莲花凋落。

若不是听到脚步声越来越近，他差点儿就要确认这断壁残垣，焦木纵横之地真的是一座孤城。“吱呀”一声，巷尾那扇朱漆斑驳的大木门被猛地拉开，竟跑出来一个水灵灵的女子来，她着一身绿色罗裙，在这荒芜之中美好得像是甘泉，像是精灵。一双眼眸满满荡漾着希望，涌动着喜悦。他正要下马前去，却被她满头的银发惊呆，被她眼神中的铺天盖地而来的绝望束住了脚步。

就像日夜在她眼中飞速交替，喜悦的光像西沉的落日，瞬间湮没在天际，不见踪迹。暗夜迅速笼罩世界，浓得化不开的黑暗，沉重地压在人的心头。她的眼睛会说话，她在等待着远行的人吧，惊喜不过是因为嗒嗒的马蹄让她误以为载来了归人吧。可惜他只是匆匆过客啊，你看她眼中翻滚的愁思如此明显，在责怪他的无故打扰，在怨愤良人久久不归，在祈祷君子平安顺遂，在哀叹自己红颜易老。

当所有的情绪归于宁静，那眼光淡去，双眸如深幽的枯井，没有灵魂，没有光。他只觉心上遭到重重一击，钝钝的疼痛感让人格外难受。她拖着残躯退回破败的深院中，那绿色的裙摆如潮水退去，朱红色的大门重重合上，与周遭的枯朽合为一体，好像从来都没有打开过。

过路人虽不知缘由，却对她的哀伤感同身受，他牵着马儿静静离去，生怕发出一点儿声音，再去撞击那女子脆弱的心。

若不是嗒嗒的马蹄声越来越响，她几乎要以为自己连听觉都渐渐丧失了。只穿着单衣罗袜，便飞奔到了门外，那骏马分明就是他走时骑的那一匹，那马背上的人儿却不是归来的他。

她狼狈地逃回深宅之中，像受伤的小兽，躲在山洞中自己舔舐伤口。

她早已不知今夕何夕，只知道后院中躲过战火的那棵老梨树，纷纷扰扰已经又开了十六遭。只是近年来它已经不挂果了，像她最近连咿咿呀呀的声音也发不出来了。梨树下本来有一架精美的秋千，是他亲手为她打制的，她在旁种了一株紫藤，可惜那嫩芽儿刚刚攀上秋千，他便整理行装要上战场了。

青梅竹马，新婚燕尔，她懂得他弃笔从戎的艰难，懂得他胸中保家卫国的热血，懂得他心中建功立业的欲望。所以她只能默默地把那包袱打好了拆开，拆开再装好，恨不得把自己一并收拾进他的行李。

临行那日，她一送再送，不知走过了多少个十里长亭。就连跟在身后的马儿，都忍受不了这缓慢的行走，不住地扬蹄，迫切地想要乘风驰骋。她的裙摆早就被晨露打湿，她泪眼蒙眬根本看不清前路，她紧紧握着他的手不舍得放开。他说：“好好照顾自己，等我三年，我一定回来。”

她看着那一人一骑绝尘而去，在曲折的山路上变成一个小点儿，最终融在森林中，消失不见。她在分别的路口，从清晨站到黄昏，背后青烟起，她才拖着僵硬的身躯往回走。

沉浸在离别的忧伤中，她一路都没有抬头看，直到空气都变得呛人，咳嗽中才看到那肆意凶猛的烈火。家，故城，湮没在熊熊火焰之中，火光映红了半边天穹。滚滚的浓烟向四面八方逃窜，眼见楼台崩塌，眼见匈奴骑兵兴尽而归，她忘记了眼泪，忘记了害怕。膝下生出牵绊的根系，跪在萋萋芳草之中，心若草木，从那一刻起便丧失了感知情绪的能力。

若不是下了一夜的大雪，这大火定要把整座城池焚毁才会罢休，这远离城门的院落肯定也无法保存。屠城、纵火，挑在最后一支队伍刚刚离去、满城尽是老弱妇孺的时候，她终于明白他所说的国仇家恨不共戴天，她终于理解他激昂的热血，然而她的心，早已不知什么是恨，什么是痛。

北城一片灰烬，南城一片血腥。整整三十日，她亲手掩埋了七百零一具尸骨，纤纤十指鲜血淋漓，伤口经年不肯愈合。

一夜之间，她的爱人远征，她的故城死去，她最熟悉的街巷、乡邻全都化为尘土。一夜白头，朱红的木门沉重地合上，她退回那深院，数十年如一日，独守这一座空城。

冬尽春来，断壁残垣之中生出绿油油的小草来，她记得这里曾是繁华的夜市，元宵佳节，灯火阑珊。年复一年，焦木都发出新芽，被烈火驱逐的鸟兽渐渐回到这城中来，这里大概就是城中的戏台吧，幼时她在父亲肩上，目不转睛地看一幕杨家将。

一群熬过战火的芦花鸡，最终熬不过岁月，那天黄昏她站在院中等鸡回笼，久久不来，她想张口呼唤，却只发出如裂帛一样刺耳的嘶叫。原来不知不觉间，连语言都抛弃了她，是啊，不知多少年，她都找不到人说话，语言太过苍白，怎能抒怀？

一开始，她还认真地记着日子，期待他如期归来。她幻想自己如木兰一般换上戎装，持兵操戈上战场，哪怕是战死疆场，也好过独活吧。

后来，那用来计数的谷子在连绵的阴雨中发了芽，岁月正如这纠结在一起的嫩芽儿，再也无从分辨今夕何夕。她记不清院中的梨花开开落落又是几个三年，你并没有如期归来，或许这正是离别的意义吧。

那些在心中转了千百回的念头，不过是田园将芜、山河破碎，你为何迟迟不归？你说今生携手但愿共白头，这情意绵绵的誓约可曾还记得？

你看梨花开落，炎夏寒冬，战火纷飞的地方可曾得饱暖、刀剑无眼可能够护得一己周全？空闺寂寞，最是悔教夫婿觅封侯。

你看明月圆缺，人生苦短，哪怕各安天涯，只要你平平安安地活着，就足够了。

【一一七】

可是月亮啊，你可有他的消息？是否早就战死沙场，被风雨剥蚀成了累累白骨？是否在异乡的荒原上，夜夜鬼哭，不得安息？他一定是怨怪自己不曾前去收尸、不在清明时节祭奠亡魂吧，所以自那次托梦告别之后，才会一直不肯再入梦来。

勿怪，勿怪，你又怎会知道，自别后，一场清明雨，下了十六年。

既见君子，云胡不喜
——《郑风·风雨》

郑风·风雨

风雨凄凄，鸡鸣喈喈。
既见君子，云胡不夷！
风雨潇潇，鸡鸣胶胶。
既见君子，云胡不瘳！
风雨如晦，鸡鸣不已。
既见君子，云胡不喜！

【一一九】

一直都记得王翰的《凉州词》："葡萄美酒夜光杯，欲饮琵琶马上催。醉卧沙场君莫笑，古来征战几人回。"诗人在觥筹交错、丝竹管弦的盛宴上，似醉似歌，道出了自古以来出征战士所面临的最大劫难：死亡。

王事勤劳，战火纷繁，多少平民百姓被迫服役，远征边境。他们或许是身强体壮的农夫，或许是技艺娴熟的匠人，然而在战场上，不过都是些刚刚会使用兵戈的普通人，是最最脆弱的血肉之躯。

战斗、病痛、饥饿乃至于寒冷，都是一道道催命符。古来征战之人千千万，从来都是累累白骨少人还，别家时还是翩翩少年郎，回乡时却是一缕游魂飘飘荡荡。

所以对于思妇征人而言，最为难得的就是重逢。

因而在中国的文学作品中，常见的便是如《击鼓》一般写征夫思归、如《君子于役》一般写妇人思君的文字，却一直鲜有关于久别重逢的描写。在《诗经》之中读到《郑风·风雨》，就像是经过了江南梅雨季延绵数月的阴雨，一日晨起推窗，突然看见久违的太阳，划破云层，肆意地散出光芒来。

是啊，有光，便有希望。

《风雨》篇字里行间都是光，是温暖，是欣喜。诗中的女子，因为良人归来而满是笑意，由衷的欢乐从字里行间溢出来，一路浸润到读者心里，读来便让人不自觉地想要会心一笑。纵使外面风潇潇雨淅淅满是荒凉的秋意，又有何妨？他已归来，就在身旁。漫漫长夜不用再独自静坐，喈喈鸡鸣不会再叨扰心神，既见君子，云胡不喜？

并非不喜，只是这喜悦之中隐隐掺杂着一丝忧惧。临近天明，窗外却是风雨如晦，声声鸡鸣不已，如急鼓，如屋内女子惴惴不安的心。多害怕这只是黄粱一梦，多害怕他会再度离去，虽已见君子，忧心如何能夷？虽已见君子，忧心如何能瘳？

他早就记不清从边关一路南下，已经行走了多少日。出发时北边胡杨林正是落叶萧萧，此时烟波西湖却是映日荷花蝉鸣聒聒，只须沿着湖畔走进低矮的群山，约莫在明日黄昏，就可以回到杨梅岭中的小茶村，他魂牵梦萦的故乡。这一路的颠沛流离和风餐露宿终于可以结束了。

然而满心的期待突然间腾出空隙，衍生出那么一丝不安来。

一别数年，虽然故土山水如旧，却不知家中妻儿又是怎样的光景。当年随着行军队伍北上的时候，原以为只是数月的短暂行役，原以为顺利的话可以在年前回家，赶上小女儿的满月酒。谁又会料到，战事一场接着一场，原本的戍防替换全都乱了套，劳役太重、死伤过多，到最后填补进队伍的居然有了半大的少年和头发花白的老汉。他有幸躲过了惨烈的战事，却躲不过戍守边疆的王命。

这一守，便是整整十年。他在高耸的城墙上，一共看了十次铺天盖地的鹅毛大雪，北方的风雪大得出奇，只须片刻就可以令天地为之变色。丝毫不像咱们江南的小雪花，永远是仙气飘飘，顶多给山巅换一顶白冠。

然而一年之中，也唯有这漫天的大雪，可以稍微压一压泥土中浓重的血腥气。身上的盔甲根本不能抵御严寒，冻得精神恍惚的时候，他恨不得把这棉花一样大朵大朵的雪塞进衣服取暖。如今回想起来，他自己也不知究竟是怎样熬过来的。

在边关已经见惯了尸骨，归途中还是被众多的空城孤村所震惊。好多城池都被战争毁去，或是断壁残垣，或是化为焦土，树木野草顶开砖瓦便蓬勃生长，似乎再过几年，所有人事的痕迹便都会被抹去。他不止一次在废墟中歇脚，房屋虽已倾颓，犹可避一避潇潇风雨。然而夜来总是会有凄厉的哭喊声回旋飘荡，他本就少眠，只好在阴冷的月色下一次次设想妻儿的模样，借此驱逐连连噩梦。

大儿从小顽劣，七岁那年偷偷上山玩儿，一脚踩进捕狐狸的铁夹，多少草药也没换回一条好腿。夫妻俩每次看到孩子一拐一拐地走路，便相顾无言，泪如雨下。谁知在乱世中竟成了福气，每次在战场上看到半大的娃儿，他就心疼得不行，一次次想，幸好娃儿有残疾。

【一二三】

从未谋面的小女儿应该十岁了吧，她会不会跟妻子幼时一个样呢？如果是像心爱的妻就好了，大眼睛高鼻梁，十足的美人坯子。

他最牵挂的妻啊，十年了，可还在等他归来？

一路上借宿的小村子，清一色都只剩下老弱妇孺，大片的田地荒芜，野草过膝，哪怕在春日里，也是满目的萧条和凄楚。

然而他还是没有做好准备，看到这样一个荒凉冷清的故乡。记忆中家乡因为盛产茶叶一直都是颇为富庶，如今就连百年茶树也因失于修剪变得张牙舞爪。村头曾经清澈的小溪现在也淤积堵塞，将近干涸了。虽然今日午时就已欢快地在湖中洗去了风尘，换上了干净的旧衣裳，做好了一切归家的准备。此时却久久留在村头，不敢进去，生怕那个小院已经空了，生怕妻儿有个意外……

毕竟还是一点点靠近家门了，柴扉上的鸟雀见了生人，猛地惊散开。推门的时候，他手都在颤抖，那个熟悉的身影正在灶间忙碌，她似乎还是旧时模样。

一身布衣的小女孩羞怯地躲在哥哥身后，正奇怪为什么一见生人哥哥便吓哭了，他不是老说自己是家里顶天立地的男子汉嘛，羞羞脸。她正想去向娘亲告状，便看到自己最强悍最能干的母亲，风风火火奔到了门口，对着那门口的陌生人，抬手就扇过去一巴掌。

【一二三】

似乎，比上次哥哥说他们是没爹的孩子时所挨的那记耳光，还要响亮一些。

陌生的大叔好奇怪呀，他为什么不生气，反而还笑呢？咦，娘亲眼睛里是什么在闪？哥你能不能别哭了，吵死了，根本听不清母亲在说什么……

他无数次幻想过重逢的场景，那个温柔体贴的姑娘，是不是会羞涩一笑，红着脸说一声“饿了吗？想吃什么？”或者会不再矜持，直接扑进他怀里，也不顾孩子们淘气的玩笑。或者只是静静对望，相顾无言，眼泪却如断线的珠子一般。

没料到，她冲过来就给自己一巴掌，那么用力，脸马上就火辣辣肿起来了。她一遍遍重复着，“你怎么还活着？你为什么还活着？”语气又是怨怪又是愤怒。眼中荡漾着泪光，她强忍着不让它掉下来。

悬在半空中的心突然就放下来了，仿佛有一个声音在说，终于到家了。他知道那半截问话之后应该是想问，为何活着却不回家？为何活着却十年音信全无？为何活着却让她独自一人担惊受怕了那么久？

战场上夺命的刀剑、烈火，戍边时极度的寒冷、饥饿，归程上的猛兽、悬崖，每一个困难都危及生命，多少次他在鬼门关徘徊，多少次他也意志消沉想要一死了之。何尝没有问过自己，为何还活着？

【一二四】

此刻他觉得答案前所未有的明了，不就是为了她平安健康等到自己回来，不就是为了让她打一下骂一下有个人可以依靠，不就是为了让她卸下伪装的坚强，做回那个温柔明媚的女子，为了让这个家完整，为了让孩子有父亲，为了让她有夫君吗？

自幼相识，两心相悦，情投意合，结为夫妻。从她答应嫁给他那一刻起，他便知道就算山无棱天地合，他们也不会分开，生同衾，死同穴。所以她一直在等，从来没有放弃，幸好，他平安归来。

前来问候探望的邻人乡亲都感叹着散去了，为了一个竹编的小马儿便腻在他身上不肯下来的小人儿，也被兄长哄着回房了，突然空下来的屋子，只剩下一盏烛火，一双人影。

家里的月色似乎格外明亮柔和，长久的对望，谁都不舍得睡去，谁都怕这太过美好的时光只是梦境，怕一醒来就跌回冷清孤寂的现实里。

她说念儿从小精灵古怪跟他哥哥一样，她说浩儿什么活儿都抢着干，特别懂事。她说乱世之中只求温饱根本没有人要买茶叶，她说明天要把鸡杀掉给他好好补一补，她说今儿一早喜鹊就叫了……她似乎有说不完的话，东一句西一句，好像要把这十年的空白都补回来。

他说往深山里搬吧，这战争不知道何年才能停歇，这一次服役就耗费了十年，谁知下一次又要多久。他说同去的乡人都死了，他亲手把尸骨一一埋在了雪地里，只有雪是干净的。他说归途中摔落悬崖，若不是一棵歪脖子枣树，自己怕是回不来了。他说从前的衣服就剩下一套了，还是舍不得穿才留下的……他也有说不完的话，左一句右一句，似乎要把十年的辛苦疼痛都向她倾诉。

屋外风雨凄凄，屋内的气氛却是温馨甜蜜，两个人儿一点点交换各自的生活，渐渐给人一种从来都不曾分开过的错觉。

远处竟然传来了第一声鸡鸣，窗台上的蜡烛不知何时就已经燃尽了，她倚在他肩头，听着他的心跳，道一声，不是梦真好。眉梢眼角，笑意浅浅浮现。不是梦，真好。

一日不见，如隔三秋
——《郑风·子衿》

郑风·子衿

青青子衿，悠悠我心。
纵我不往，子宁不嗣音？
青青子佩，悠悠我思。
纵我不往，子宁不来？
挑兮达兮，在城阙兮。
一日不见，如三月兮！

【一二七】

第一次与这首诗歌相遇，是在曹操的《短歌行》中。乱世枭雄借用如此温柔的情歌抒发求贤若渴的心情，一如恋爱中的女子翘首等待心上人归来，其忐忑、其急切，都体现着古老诗歌的韵味。印象最深的便是“青青子衿，悠悠我心”一句，如大珠小珠落玉盘般清脆，如流水叮咚作乐般轻快，仿佛有一股魔力，让人情不自禁要歌之颂之。

等读到完整的《郑风·子衿》，才惊觉那经典的“一日不见，如隔三秋”竟出自于此。这种心情像西出阳关千百里，突然遇到了亲切的故乡人。而阅读过程中的不期而遇更容易让人惊喜若狂。书山墨海中一路行来，原来你就在这里，静静地等待知己来翻阅。仔细品读才知其中故事，原来这是一首带着脾气的情歌，原来这是一位活泼率真的佳人，嗔怪怨怼，不过是因为爱得深沉。

北方的十月，一场秋雨降，一阵秋意凉。

连日来阴雨绵绵，今日虽不曾落雨，天空却灰暗压抑，好像堆砌了一层又一层厚厚的棉絮，风吹不散，反而惹得无数尘埃粘连，于是天色更显阴森黯淡。秋风肃杀，街道上几乎看不见行人，唯独剩下暴躁的风，卷着几片枯叶，从街头一路呼啸着冲到斑驳的城墙脚下，急急忙忙一头撞上去，疼得发出一阵呜呜的低鸣。

【一二八】

一路上紧握的残枝败叶，最终无力地跌落在墙根，偶尔风起一声轻叹，叶便跟着发出一阵窸窣的响。

本是一天中最喧嚣的清晨，天色既已无法辨识，声音也好似随之凝固，砧板声沉沉、犬吠声沉沉，一缕炊烟刚起，便在暴戾的风中消散了踪迹。人们瑟缩在小小的房子里不肯出门，城中竟是少有的清冷空寂。

可那城楼上怎么突现一团鲜艳的红光？

是跳出乌云的旭日吗？不，应该不是，它左右摇摆不定，冷艳得毫无温度。

是远处燃起的山火吗？不，应该不是，它只是灰暗天地中明媚的一点，并不曾扩散蔓延。

啊，那竟然是一个身着红衣的姑娘。她独自在高高的城楼上来回徜徉，像飘零的花瓣，像摇曳的火光。究竟为何，在如此寒冷的天气里她早就出了门？究竟为何，她独自在高处热烈地绽放？

你看她翘首企盼，目光紧紧锁在东方，定是在等待什么人吧。看她云鬓齐整，妆容精致，准是在赴一场重要的约会。是哪家轻薄的少年郎，让如此美丽的佳人在寒风中苦苦等待？而东城的街道上依旧空空荡荡，没有任何人向城楼靠近。风依旧一波一波急躁地向城墙掷去，那角落里的残叶，散落一地。

【一二九】

她柳眉轻蹙，脸上浮现出些许愠怒之色来。她来来回回在城楼上走动，半是因为心中慌乱，半是为了活动御寒。那一双星眸烟波流转，时不时投向东面的街巷，却石沉大海般渺无回应。她久久伫立，双手无意识地揉搓着衣角。她生气的神色越来越淡，渐渐被失落、愧疚和不安交织而成的复杂表情所取代。昨日她不过是一时气愤才说出那番话来，要是他因此耿耿于怀不来赴约，那可怎么办？

风似乎变得安静些了，她喃喃的低语终于清晰可闻，原来是在反复吟哦一首缠绵的歌谣：

青青子衿，悠悠我心。纵我不往，子宁不嗣音？

青青子佩，悠悠我思。纵我不往，子宁不来？

挑兮达兮，在城阙兮。一日不见，如三月兮！

这是一首十分符合她心境的诗歌，其声如怨如慕、如泣如诉，给萧索的秋日更添许多惆怅。

他衣领青青，上面有她亲手绣的精致纹样，她的心好似在火上煎熬。纵使不能到她家门口去等候，难道他就不能传个音信过来吗？

他佩带青青，一对玉珠分别戴在彼此腰身，片刻不曾稍离。她的心好像封冻在寒冰里。难道他真的不来相会了吗？

她在空寂的城楼上一遍遍来回，她的心起起伏伏，盼望心上人来安抚。他可知这一日的分离，竟带来沉似三秋的悲戚。他可知这思念绵绵无绝，好像在心里下着一场凄冷的秋雨。

西风不知疲累不曾稍作歇息，落叶层层堆砌如低矮小山，她仿佛牵线木偶般在城楼上不停踱步。思绪飘飞，全然忘记了时间，也根本就来不及感受寒冷。

昨日他再度翻墙进来与她私会，不料那老树枝干枯朽再也承受不起如此重负，她推开窗便看见他跌落的场景，情不自禁高声惊呼。在她飞奔下楼，反复确认他是否受伤时，家人也因她的喊叫急忙赶到，就这样撞破了隐秘的恋情。

那一刻，父亲愤怒的表情就像被触了逆鳞的暴龙，连连的指责声像砸下来的滚滚惊雷，作为家中最受娇宠的小女儿，她的印象中，父亲一直是温文儒雅、循循善诱的模样，从来不像今日这般严厉。但她此刻只关心心上人有无受伤，对父亲无情的责骂充耳不闻。

等她回过神来，父亲的情绪已经渐趋平缓，声音颤抖地问面前这低头无言的少年郎何时请媒人上门提亲。等来的却是无尽的沉默，他低着头，仿佛所有的事情都与他无关。

她不解，明明上次见面他还说成婚那日要弹琴给他听，可为何此时这般沉默，她目光灼灼，紧紧锁住他，可是，直到被父兄推搡着赶出门，他都不曾抬头看她一眼。

她不懂，他为何连一个安抚的眼神都不肯给她？只要一个鼓励的眼神，她就能明白他的难处，尊重他的选择，只要一个深情对视，她就有勇气跟父兄对抗，有信心说服家人接受自己的爱情。可为什么自始至终他都不曾抬头看她一眼？

风不仅不知疲累，反而劲头更胜从前，竟然把那墙根底下的树叶重新攥在手中，一路任意驰骋，满城秋叶凄凉。

她觉得甚是疲累，自昨日他走后，她就一直在想他。也许是因为父亲的架势吓到了他，他才不知怎么回答吧。他刚从高树上跌落，惊魂未定，又遭到父亲的责骂，定然羞愧难当，不知道怎么应对也是自然的……

她固执地沉浸在对爱情的幻想中，只觉得父母兄嫂的劝说都是误解和偏见。

一夜辗转难眠，担心、焦急、忧惧种种情绪在她脑海中徘徊冲击，却始终没有心生丝毫怀疑。打更人不知敲了几声，她在烛光下铜镜前细细梳妆，几乎在远处第一声鸡鸣响起时就匆匆出门。

他们曾说好，若有事相约，她便着一身红装、他穿一袭白袍，以自己作为最明亮的信号，登上那高高的城楼，等对方前来奔赴。他曾经骄傲地对她说，他一段一段考察过，才最终选定这么一处地方，只要他俩开窗抬首，便能清楚地望见城楼上的景象。

犹记得元宵前日，她晨起梳妆，第一次看见城楼上飘飞的白衣，心潮澎湃不能自已，几乎是一路小跑，奔入他怀抱。从那以后，她每日都要开窗，一看到厚朴的城楼便觉心安，嘴角不自觉上扬。

那一日她突发奇想，去郊外芙蓉湖看荷花，她在城楼上来回踱步，数着脚下青砖，不及三百，他便大汗淋漓地出现在她视野之中。那一刻她便确认，他也一样时刻注视着这个秘密的地方，也一样沉醉在甜腻的爱情中无法自拔……

秋风萧萧，衣袂翩翩，她独自在这高空盛放。

他定是昨日受惊，跟自己一样辗转难眠，所以还在熟睡吧。不知他有没有梦见她，好想知道自己在他梦里是什么模样。

秋风戚戚，只影摇摇，她突然觉得这红裳不胜风霜。

许是昨日父亲言辞太苛刻，他有所迁怒吧。都怪天色太暗，说不定远处根本看不见这抹红色吧。

秋风呜咽，容色凄楚，她已不记得自己数过几个三百了。

他似乎从来都没有许下有关婚姻的承诺，难道他真的不曾想过要迎娶自己吗？他好像连自己住在哪条街巷都不曾提过，只是模糊地指向东方。

他总是说着最浪漫的情话，说她是明月星辰，是映日荷花，却从来都没有憧憬过未来呀……

遥遥更声入耳，已入夜。她跌跌撞撞走下城楼，头脑一片空白，竟被最后一级台阶绊倒，重重摔在冰冷的地上。意料之中的疼痛并没有传来，身下窸窸窣窣全是叶碎之声，这落叶居然已经堆积得如此厚实了，不知西风从哪儿卷来这么多枯叶？又是否能经过他家门口？

风儿你可愿意问一问，他为何不来赴约？难道要把这份爱情就此割舍吗？

一日不见如隔三秋，奈何女之耽兮不可脱，奈何君心不似妾心坚，奈何她此刻才明白，这份爱情原本就是她寂寞的独角戏。

万家灯火处，独这一抹红装，踽踽独归去。昏暗的灯晕中，那破碎的叶片堆里，似乎有什么东西隐隐反射着光芒，是一颗温润的玉珠，精巧的佩戴青如发丝，在枯黄的落叶中格外刺眼。风吹灯火摇曳，你看那玉珠上，竟然裂痕密布呀，若是风再大一些，就该碎了吧。

风声呼啸，如泣如诉。

曾是惊鸿照影来

——《唐风·葛生》

唐风·葛生

葛生蒙楚，蔹蔓于野。
予美亡此，谁与独处！
葛生蒙棘，蔹蔓于域。
予美亡此，谁与独息！
角枕粲兮，锦衾烂兮。
予美亡此，谁与独旦！
夏之日，冬之夜。
百岁之后，归于其居！
冬之夜，夏之日。
百岁之后，归于其室！

《唐风·葛生》与《邶风·绿衣》可以说是《诗经》悼亡文字里的一双璧玉，前者是妇人悼念丈夫的悲歌，哀婉悱恻，触人情肠；后者写男子缅怀亡妻，睹物思人，忧愁绵长。它们是《诗经》小情歌中最沉重的话题，是密布的乌云，是无光的暗夜，是压在人心头哽咽难言的哀戚。

它们所轻唱的是人情绪中最悲凉的一种，是无可奈何的生死离别，是痛彻心扉的天人永隔。生者还淹留在无尽的哀伤之中，死者却不知是化为清风，还是升为星辰，永远从俗世爱恨里超脱了。

而《葛生》篇更是被今人称颂：“不仅知为悼亡之祖，亦悼亡诗之绝唱也。”唯愿生同衾死同穴，一曲唱尽千百年来的生离死别。

柔弱的葛藤爬满了荆树，纤细的蔹草独自在荒郊野外蔓延。曾经妾身也是有所可依的娇美佳人，自君逝去，夜夜里独守空房把那眼泪儿淌。

柔嫩的葛藤缠绕在枣树上，纤弱的蔹草兀自蔓延在坟地里。她的爱人已经离开人间，空留这红颜把烛火坐枯。抽身而去的正是她的乔木，如今这风雨中摇曳的，便只剩下茕茕独影。

兽骨洁白晶莹，是家中最贵重的陪葬，敛尸锦被是她亲手盖上，想他在那冰冷的地下应该不会再寒冷了。可是漫漫长夜灯火如豆，失去了挚爱的夫君，还有谁会陪她到天明？

夏日里白昼长，冬季里夜漫漫，一日不见如隔三秋，更何况死别之后再无重逢的可能，每一刻的时光都格外的煎熬，但愿死后，与他同归坟墓。

冬来冷夜漫长，夏日白昼难熬，自别后每一日都在回忆、每一天都在怀念，苟活于世并没有一丝一毫的美好，生既不能再与君同衾，唯愿死后与他同穴。

从潘岳元稹的悼亡诗，到苏轼陆游的悼亡词，再到归有光的《项脊轩志》，每一篇经典的悼亡文字背后，都有一个令人闻之落泪的伤心故事。

那座藏在江南烟雨中的沈氏园林，亭台秀丽，曲水流觞，依着整体的景致点缀着一丛修竹、几棵芭蕉、三两红枫，虽处于闹市中，却是一进更比一进清幽。沈园就像是一位多愁善感的江南女子，无论是晴空还是烟雨，她或淡雅或浓艳，自有自己的风情姿态与之相配。

然而沈园最大的魅力还是在于那一段残垣、两首斑驳脱落的题词，以及词赋背后陆游唐琬的凄美爱情。这真实的故事赋予沈园以独特的悲凉色调，给每一块石头每一棵树木都留下了渺远的想象空间。

陆游本是忧国忧民指点江山的铁血男儿，他绝大多数的文字都是掷地有声的钟鼓之音，他所创作的诗词自有其硬气的脊梁。他笔墨中最温柔的语句、最缠绵的思念、最刻苦的爱情全都围绕着沈园展开，全都给了那个叫作唐琬的女子。而她传世的虽然只有一首《钗头凤》，文采诗情却是丝毫不比放翁逊色。想来定是美人身，锦绣心，温柔体贴善解人意，所以才让他想了一辈子，爱了一辈子。

他们之间的故事又该是怎样的缠绵悱恻，怎样的催人泪下？

记得当时年纪小
你爱谈天我爱笑
有一回并肩坐在桃树下
风在林梢鸟儿在叫
我们不知怎样睡着了
梦里花落知多少

她从咿呀学语，走路都还左右摇晃的时候，便喜欢跟在他身后，举着双手喊：“表哥，抱抱。”他从来都没有想过，有一天这个粉嘟嘟的跟屁虫会变成亭亭玉立的大姑娘，而且身着凤冠霞帔成了他的新娘。洞房花烛，满室旖旎，他在半夜醒来，看着钻进窗来的月光和她熟睡的脸庞，往事一幕幕浮现在脑海中，只觉岁月静好。

【一三八】

她从小就好静，骨子里却十分倔强。有一次舅母又训斥她不爱女红爱诗书，没有半点儿大家闺秀的样子，罚她三日不许出门乖乖在家中刺绣。他爬上老樟树，看见窗内的她愁眉不展，笨手笨脚老是刺伤手指，便隔着窗户扮鬼脸逗她。哪知三日以后，她送来的第一个荷包之上，便绣着一只挤眉弄眼的猿猴。他哭笑不得，腰上的荷包却从此再没有换过。

本就是心意相通的青梅竹马，如今又结成世间最亲密的夫妻，新婚之后的情投意合自然可想而知。

从那一夜握着她的手写下永结同心的婚书开始，他们便成了并蒂莲双生蔓，一时一刻都不愿分开。晨起他为她画两弯远山黛，她眼波之中满满都是他的身影。他喜欢对她弹琴，指尖流淌的乐声总是格外的欢快。他喜欢与她切磋诗文，琬儿冰雪聪明，才情丝毫不逊于自己。

有一次他在月下独酌，她竟然跑过来要酒喝，就像小时候要玩竹马时一样撒娇耍赖，无奈，独酌变成了对饮。她喝醉后双颊酡红的模样，就好像回到了当年的落英下，碰巧有两朵桃花，随风飘在了她的脸上。

心神荡漾，唯愿永结同心，白头偕老。

谁又能料到，棒打鸳鸯的竟然是他最敬爱的母亲。说什么溺于情爱不思进取，说什么红颜祸水耽误仕途，说什么无子无后有愧先祖，在他听来全都是荒谬全都是苛责。

然而所有的争论反抗都没有用，母亲用绝食威胁他签下休书，一边是他挚爱的娇妻，一边是生养他的母亲，任何一方都是不能舍弃的。他左右为难，愁上心头，年纪轻轻，两鬓竟有白发生。

她不忍，请辞去。她说既是有缘无分，何必相互折磨。他看着她的眼眸暗下去，看着伊人日渐消瘦，看出了她神情里的绝望和坚毅。从来没有觉得自己的名字如此难写，一笔一画似乎把全身力气都耗尽。

一纸休书，难续良缘。既然不能护她周全，或许应该还她清静。

她走的那个清晨他并没有睡着，虽然闭着眼，却止不住泪流。她一句话也没有说，甚至都不曾走近来看他一眼，把那只精美的凤钗搁在妆台，便头也不回地走了。她那么骄傲，她虽不愿他为难，却终究还是责怪他懦弱吧。

在病榻上缠绵良久的母亲，竟然立刻下床，生龙活虎地为他张罗着娶妻。他突然觉得好笑，原来琬儿什么都明白，原来真的是自己不够坚定，把深情辜负了……

从来没有想过会重逢，在这精美的后花园，他已是别人的夫，她身边也有了另一份温柔的呵护。心中翻滚的情绪实在太汹涌，竟然连一句你可安好都问不出口。酒真是个好东西，借着酒劲才能把话明说，题一首《钗头凤》:

红酥手，黄縢酒，满城春色宫墙柳。东风恶，欢情薄。一怀愁绪，几年离索。错、错、错。

春如旧，人空瘦，泪痕红浥鲛绡透。桃花落，闲池阁。山盟虽在，锦书难托。莫、莫、莫！

你可知君心悔恨，你可知情深难改，大概，你已经不会在意了吧。

消息传来的时候他早已不是耽于情爱的少年，宦海中沉沉浮浮让他连自己的心都看不清了。身为男儿就应该指点江山心怀家国，他以为那些错过的儿女情长自己早就忘记了。为何，心还是被撕裂一般疼痛?

听闻她临终前去过沈园，他几乎是马不停蹄回到了故土，那一段墙壁，他笔走龙蛇的行草旁，静静地卧着她清秀的簪花小楷，一曲《钗头凤》竟成了遗言：

世情薄，人情恶。雨送黄昏花易落。晓风干，泪痕残。欲笺心事，独语斜阑。难，难，难！

人成各，今非昨。病魂常似秋千索。角声寒，夜阑珊。怕人寻问，咽泪装欢。瞒，瞒，瞒！

她在这诗词里哭泣，她在这俗世间挣扎，他却浑然不知。说好了要还她一片清净，为何自己要再去拨弄她心弦?陆游啊陆游，你为何要喝酒，为何要题词，为何要生生扯出她的愁绪，引发她的伤痛?

【一四一】

江南的雨，纷纷扰扰，似乎从来没有停过。芳魂已逝，他多少年都不再重回这个伤心地。山河破碎，似乎也容不得小儿女的情愁。一生跌宕起伏，他自知是顶天立地的男儿，无愧于心。只是人越老越喜欢回忆从前，他终究还是顶着白发回到了沈园。

转眼间，她已逝世四十年，时光将往日的喜悦忧伤都冲淡了，只剩下绵绵不觉的思念。

那日他在院中漫步，疲累之余倚在廊前小憩，隐约看到琬儿步履翩翩，笑着向自己走来，他刚想睁眼看清楚她的容颜，才惊觉是幻梦，周遭只剩下夕阳，拉长孤影。《沈园二首》诗成："城上斜阳画角哀，沈园非复旧池台。伤心桥下春波绿，曾是惊鸿照影来。"

那日他竟梦游沈园，在梦里看着那墙壁上现出诗词来，字迹在风雨里渐渐斑驳脱落，似乎过了千百年。遂有《梦游沈家园》："城南小陌又逢春，只见梅花不见人。玉骨久成泉下土，墨痕犹锁壁间尘。"

那一阵他老是心神恍惚，一次又一次看见琬儿向自己招手。有时候是步履蹒跚的小女娃，有时候是倚门浅笑的小姑娘，有时候是温柔恬静的新嫁娘。最近一次，居然看到琬儿和自己一样头发花白、身子佝偻，连牙齿都不剩多少了。

或许是琬儿在思念自己吧，他这样想着，挣扎着病躯再一次去了沈园。你看这花儿和当年初见一样美好，你看这柳树早已遮蔽了半个亭台，你看这字迹终究是脱落了，你看重逢之日是不是越来越近了。

归来，写《春游》的时候竟然连笔都握不住了：

沈家园里花如锦，半是当年识放翁。
也信美人终作土，不堪幽梦太匆匆！

不久后，陆游与世长辞。

卷五

怀人：明月何皎皎，美人何遥遥

爱情它本来就是两个人的事情，思念自然也是两个人的事情。《诗经》中当然也不会缺乏征夫怀人之词，《绿衣》《击鼓》《月出》《扬之水》都是极具代表性的名篇。诗人在静夜里，想起那个如月光一样的恋人，想起那些“执子之手，与子偕老”的诺言，把这些忧思、怅惘都融进清歌里边。

男子的性情本就坚毅粗犷，少有女子一般细腻的情思，况且好男儿志在四方，谈情说爱从来就不是他们生命中的唯一。然而至情至性的男儿，驰骋疆场肆意江山之后，总归是放不下心里的那个她，这一丝柔情难得，也就格外动人。

心有猛虎，细嗅蔷薇，而已矣。

当我披上铠甲、手执兵戈上了战场，身边是真实的鸣鼓和呼喊、剑上是温热的鲜血，心中是激荡的豪情，朝着自己的梦想狂奔之时，总是会忘记身后苦苦等待的那个她。可是为何，当清冷的月光冻结了一切呼啸、当凛冽的北风吹醒了昏热的头脑，当茫茫天地只余下孤影的时候，熟悉的倩影，总是会从心底走到眼前来。

伊人她容颜如旧，离别那日的泪痕还没有干，她的身姿在眼前晃动，好似要把潜藏在心底的那些苦闷、思念、忧愁尽数牵扯出来。

总是想起初见时她所穿的那件绿衣，清新可人，如春日里淋过雨的桑叶。总是想起新婚时她灿若云霞的妆容，摄人心魄，胜过灼灼怒放的桃花。总是想起离别那日她梨花带雨的面庞，扰人心神，不胜风雨的柔弱。自别后，越来越明白她的不舍、她的担忧，越来越心疼她的隐忍、她的等待。只可惜，哪有什么归期可言。

战马尚且在北风中嘶鸣，亲爱的姑娘啊，教我如何不把你思念。

流水缓缓尚会有东入海的希望，亲爱的姑娘啊，连我自己都不知道何时能归。

身为男子，心虽宽广，那最柔软的地方还是盛满了缠绵的情丝，不愿自己的承诺成了空言，不愿辜负你如花的容颜，我的相思、忧愁，又有何人能说？何人能解？那最心爱的姑娘呀，我又怎么舍得让你难过，让你空等，任你老去？

漫漫寒夜，畅饮一杯可好？

说不定，醉了，就可以见到最想见的那个人。

黯然销魂，唯别而已
——《邶风·绿衣》

邶风·绿衣

绿兮衣兮，绿衣黄里。
心之忧矣，曷维其已！
绿兮衣兮，绿衣黄裳。
心之忧矣，曷维其亡！
绿兮丝兮，女所治兮。
我思古人，俾无訧兮。
絺兮绤兮，凄其以风。
我思古人，实获我心。

黯然销魂者，唯别而已矣。

在离别之中，死别遗留下来的哀怨自然比生离更加沉重。生别离，即便是千山万水天各一方，终究还是存着重逢的希望，希望即是光，即是生存下去的力量。而人去世，却如同萤火熄灭，绝无再次点亮的可能，给伤者留下的伤痛也如黑暗一般，绵绵无绝。生别者，尚可千里共婵娟；死别者，又有谁真会在奈何桥上等三年？

所以自古以来，悼亡文字，一直都有着唱不出的忧愁、说不尽的凄婉；死别的滋味，哪怕一丝甜都是怀念的引线，背后只剩无限酸楚、满心苦涩和幽幽愁怨。

犹记当初读归有光《项脊轩志》，作者从房屋的兴废、长辈的期盼一直写到闺房之乐，所记不过是日常生活的琐屑之事，虽动人却终归是拘于平淡。然而文章的最后一句却如平地起惊雷，有着直击人心的力量。

书云：“庭有枇杷树，吾妻死之年所手植也，今已亭亭如盖矣。”这文字会动，竟能将十数年的光阴浓缩成画卷：老屋残败、故人早已两鬓斑白；绿荫新成、儿孙渐长渐行远；唯有那逝去的妻，入梦时永远保持着昔日小姑娘的娇羞模样，唯有她牌位前的那一缕香烟，十年如一日静默燃烧，袅袅萦绕熏人老。

伊人一去数十载，枇杷树已亭亭如盖，而生者却始终记得曾经携手同植的细节。春去秋来，树木在阳光雨露中萌发嫩芽、绽开鲜花、年年都有硕果枝头挂；而这热闹都不属于孑然一身的未亡人，他只能在苦苦的思念中与那日渐模糊的记忆相伴残生，其中的孤苦、悲戚、伤痛，多少滋味尽在不言中。只因这一句，才知笔墨中的平淡乃是阅尽风霜之后的凄凉；才知写这老宅、这人事皆是那一丝甜引，牵扯着最深最沉的悼念啊。

再次被悼亡文字深深打动是读到苏轼的《江城子·乙卯正月二十日夜记梦》:“十年生死两茫茫，不思量，自难忘。千里孤坟，无处话凄凉。纵使相逢应不识，尘满面，鬓如霜。夜来幽梦忽还乡，小轩窗，正梳妆。相顾无言，惟有泪千行。料得年年肠断处，明月夜，短松冈。”东坡先生一贯以乐观豁达的形象活在书页之间，从热闹荣华的京都朝堂一路被贬到蛮荒海南，他都不曾在诗文中皱一皱眉头。然而当亡妻入梦，当曾经的幸福画面一一在脑海中浮现，纵然铁骨铮铮，也会一夜沧桑。

遥想当年伊人初逝，何尝不是夜夜入梦。只是后来，生者开始了崭新的生活，逝者便逐渐随着消散的记忆远去了。但是又怎么可能遗忘呢？那是生命中最重要最温暖的存在啊！于是在最不经意的时候，佳人再度入梦，看着她依旧如桃花般鲜艳的容颜，他一瞬间泪眼婆娑、哽塞难言。

时光匆匆流逝，自己早已两鬓如霜。辗转流离，就连皱纹里都填满了风尘，佳人啊佳人，即便此刻面对面重逢，你又能否认出面前这佝偻老叟就是曾对你签下婚书的翩翩少年？

昨夜竟随西风魂归故里，从竹掩映的角楼在寒月清光下格外萧条，谁还记得那些温暖时光里，闺阁中连绵的笑语？那时你就坐在这朱红色的轩窗前，对镜梳妆，或是轻描细眉，或是打理云鬓，或是转身笑问哪一对珥珰更配你的衣裙……场景美好如画，如明媚的朝霞，如和煦的春阳。

可如今你又在哪儿？是否停留在安息的小山冈？年年岁岁月圆日，独自在月光下把曾经的美好时光一遍遍回想？泪如雨下，不知你穿越了多少风雨，走过了多少河山，才能够重新走进这未亡人的梦里来？相对无言，纵然千言万语说遍，又怎敌得过此刻多看一眼你的容颜？

黯然销魂者，唯别而已矣。

所以，在《诗经》中遇见《绿衣》篇，会有种似曾相识的感觉，原来至今仍触动人心的悼念情怀，早在千百年前就为人悠悠吟唱。所谓的千古如斯，大抵也如此吧，跨越漫漫时光的唱和，今人与古人有着同样的情怀。

“绿兮衣兮，绿衣黄里。”曾经在淇水边初相识，她就是穿着一身碧绿的衣衫，背着满筐的桑叶从山间小径欢跃而来。新采的桑叶还带着露水，嫩绿得像水养出来的玉石，你的衣裳与之同色，似乎比桑叶还要清新生动。彼时旭日初升，那一抹暖黄色隐在云里雾里格外娇嫩，她的绿衣下正是暖黄色的衬里，随着起伏的脚步一下一下在青山碧水中时隐时现。而她正像一颗小太阳，在他眼眸中温暖地跃动，似乎要径直跃进他的心底。

晨起去田间耕种的年轻农夫，此时刚刚将沉寂已久的冻土翻整头遭，坐在田埂上稍作休息。这个穿着绿衣的采桑女，在他眼中灵动如林间小鹿、娇嫩如刚刚冒出头的豆芽儿、干净如春日里第一场甘霖，简直是世间最美好的存在。

然而这初见，终究如草尖上颤动的晨露，倏忽而逝，丝毫不留痕迹。

虽然赞叹，只能赞叹；虽然怀念，只能怀念。

不得不承认，当他听从父母的意思去迎娶邻村那位能干的姑娘时，心中确实有那么一丝怅然和失落，那种感觉就像有一颗冰凉的露珠划过心间。直到后来，当他发现自己未来的妻子正是曾见过的绿衣姑娘，心中的喜悦简直胜过久旱逢甘霖、胜过丰年米粮入仓、胜过小时候随着父亲进城赶集吃糖人。

他第一次手足无措，第一次心跳如雷，第一次面红耳赤，就这样昏昏然、飘飘然，娶到了自己心爱的姑娘，那段时间，他连在睡梦中都会笑醒过来。

【一五一】

后来，某一天星夜，他们忙完当日的农活家事，坐在瓜架下摇着蒲扇乘凉。他断断续续将这初见的故事讲给爱妻，不曾料到，妻子瞬间羞红了脸，伏在他肩头，悄悄说着那日初见，自己对年轻农夫一见倾心的故事……两颗年轻的心，越走越近。

后来，某一日黄昏，他从田间劳作归来，在山头遥遥望着自家小院，渐渐炊烟起，渐渐烛火明，他甚至看到了妻子在门前翘首企盼的身影。他就这样停在那里静静看着，胸中有一股莫名的暖流缓缓流淌着，时光要是能够停在这一刻，该是多么美好。

后来，某一年春日，她在他耳边轻轻地说自己有了身孕，他几乎是一跃而起，把娇小的妻子腾空抱起，又诚惶诚恐地放下，两人四目相对，眼睛里流淌着绵绵的爱意。他隔三岔五就去捕鱼打猎，尽最大可能照顾着妻儿，甚至早早做好了小孩儿玩耍的竹马……

如今孩子已然长大，晨起已能够背着小小的竹篓去采桑了。山冈上她坟前的小柏树，也早就可以荫蔽一方了。

他一直把那套绿衣衫放在枕下，多少年如一日都不曾改变，就连包裹这衣服的葛布都磨坏好几次了。可在未亡人的心头，对心上人的思念一时一刻也没有停止过。

记得她采桑时手指的灵动，记得她酿酒时手艺的精湛，记得她着绿衣时的娇俏，更记得她一身火红喜服时比桃李艳丽的容光……只是近来故人渐老，抚摸绿衣的手指渐渐不住颤抖了，记忆啊，也慢慢模糊了。

“绿兮衣兮，绿衣黄裳。”那些艰难的时日里，孩子问娘亲在何处的时候、笨手笨脚缝补衣服的时候、做菜不知第几次忘记放盐的时候、她渐渐不再入梦的时候，总是令人倍加思念旧时光。曾经那美好的田园生活、曾经那温馨的新婚生活、曾经那痛彻心扉的生死离别，怎么可能说忘就忘。

这反复翻看的绿衣黄裳，丝丝缕缕都是她亲手织就啊。她的心思一如这丝布细腻妥帖，会在清明前后督促他耕种，会在艳阳天里提醒他翻修屋顶，会在浊酒酿成的日子嘱咐他遍邀邻翁。正是这一日日的相处，让他更爱她，让他成为更好的自己。以至于在她离去后最艰苦的日子，他也咬牙熬过来了；以至于如今他教导出来的女儿，清纯美好一如当年的她。

可身上这清凉的葛布衫，已是最后一套她缝制的衣服，其余的早就被时光磨损得破败不堪。如今女儿初长成，早就已经可以为自己为父亲织布缝衣了，可小女孩偏爱灼灼红色，毕竟不是曾经的她啊。

连日来，她夜夜入梦乡，奇怪的是梦中一贯年轻美丽的妻如今竟与他一般苍老了。那如墨的青丝已斑白，光洁的皮肤上已爬满皱纹，亭亭的身躯也变得愈发佝偻，定是为了与他相配吧。对了，对了，她定是前来迎接他的吧。

等等吧，时光已逝，佳人白头，为夫就来。

如此方能不被这思念日日侵蚀，如此方能不把这忧愁时时挂怀。歇歇吧，沐浴更衣，把绿衣抱入怀，把檀香点起来，把双眼闭上，把心打开，如此才能安然离开，与她天涯海角比翼双飞。

执子之手，与子偕老
——《邶风·击鼓》

邶风·击鼓

击鼓其镗，踊跃用兵。
土国城漕，我独南行。
从孙子仲，平陈与宋。
不我以归，忧心有忡！
爰居爰处？爰丧其马？
于以求之？于林之下。
死生契阔，与子成说？
执子之手，与子偕老。
于嗟阔兮，不我活兮！
于嗟洵兮，不我信兮！

征兵完毕，随军远行的那日正逢霜降，生别离，人心本就戚戚，更哪堪秋风寒霜送来另一种凄凉。平日空荡的演练场，此时却是熙熙攘攘、人声鼎沸。

服役的男丁皆为家中顶梁柱，所以送行的场面显得热闹而喧嚣：或是老母拉着儿子的手不停念叨，或是小孩儿不肯离开父亲的怀抱，或是妻子倚在丈夫的肩头轻轻啜泣……但庆幸的是，虽然名在军帖，但绝大部分的人都会就近去修筑城墙，挖凿城池，这铺路修桥的工作纵然劳累，却终究留在了家乡。

唯独那最靠近城门的一支队伍，他们全都是精挑细选出来的最强壮的男儿，即将披上戎装，跟随威名赫赫的孙将军，一路南行，奔赴远离家乡的边境，投入纷纷战火之中。

这些被征集起来的樵夫渔夫、猎户农户，都是再普通不过的乡邻，纵然在风吹雨打的劳作里练就了一副好身板，面对烽火战场终归是心有戚戚然。更何况从今离家远去，哪知何时是归期？于是这离愁的气氛，更浓稠一些；喧扰的嘱咐，更绵绵不绝。

队伍最末那一对即将离别的夫妻，却安静得格格不入。士兵执着妻子的手，两人四目相对，却久久没有言语。唯独那目光缠绵如柳絮杨花、温柔如春水秋月，不曾有片刻的转移，这眼波流转之间早已是千言万语说遍了吧。

纵使有再多不舍，分别的时刻还是到来了，点兵之后，队伍缓缓出城，那女子，一步步追随着自己的丈夫，走出城门、走过长亭。那士兵，亦是一步一回头，目光紧紧锁定在自己妻子身上。两枚鲜艳精巧的同心结分系在腰间，随着步伐起伏蹁跹跳跃，一如两颗年轻而炽热的心。一个远了远了，一个默默停了，那前路、这回路，终究只剩下孤独的身影。

送别如此悄悄，是不是早已在临别前夕把话儿道尽、把泪水流干了呢？想来得知军帖的那一刻，一定如裂帛玉碎般凄烈吧。

三日之前，秋阳西落，绚丽的晚霞染红了半壁天穹，女子尚在西窗下纺织，咿呀的机杼声悠远绵长，一声将歇，一声又起。男子在院中准备过冬的柴火，伐木声丁丁，与之长短相和。渐渐地，二者融为一体，不辨彼此，这红尘烟火中的清扬顿挫之声，便胜却丝竹管弦无数。

日渐斜，远近炊烟升起，女子停下手中翻飞的木梭，理一理裙裾，笑着朝丈夫走去……一阵急躁狂乱的拍门声正在此时响起，快得好似急雨敲打青瓦、响得恰若晴日惊雷，她怔在原地，仿佛被吓到了，仿佛有所预感。

皂吏大声宣读着兵帖，其声如鸣鼓、如惊雷，显得分外刺耳，“三日后即行”的命令如流矢一般直中人心。女子闻此言双泪垂，身体战栗如瑟瑟秋风中的一片枯叶。突如其来的灾难如此沉重，令他们不能承受。小小贫民，任君驱遣，哪里有说不的权力，即使刚刚成婚不足一个月，仍得听从冷酷无情的调配。

那一刻久久的四目相对，一个止不住泪流，一个展不开眉头，甚至没有力气彼此拥抱，生怕自己的颤抖加深对方的悲戚。

静默、静默，直至入夜，是夜无月。少妇终于在黑暗中起身，进了厨房，许久，屋里才亮起烛火……那一点儿微弱的光芒，曾日日指引打猎砍柴的男儿披星戴月而归，曾经一见它就会暖上心头，为何今日如此清冷？

终究，秋已深了吧。

临别前的三日，妻子像陀螺般在家中忙碌，缝补冬衣、准备干粮，甚至在昏黄的灯光下为丈夫赶制一双新鞋，真是片刻也不得停歇。那几日，她如霜打的秋叶，眼见着越来越消瘦，却始终不忍多看他一眼。只是月下西窗，她每日都守在床边，借着如水的月色，细细将他打量，仿佛要将他的模样深深刻在心上。

她从来都是这般羞涩，从来都不善言辞，从来都用行动述说着爱意。

就像去岁二人在济水边相遇，她采桑归来，在水边新生的嫩草上休息，他荷锄而归，恰好停在水边清洗；许是水声惊动了女孩吧，她几乎是从低洼的草坪上一跃而起，像一只小鹿一般蹁跹而去。他就怔怔地看着那背影，并不知那一刻心中激越的火花就代表爱情来临了呀。

后来上巳节，二人在喧闹的人群中再次相遇，他赠她一枝灼灼桃花，女子并没有拒绝，牵手时，更是瞬间羞红脸，那颜色灿若云霞，竟生生把眼前的桃花比下去了；在那一刻他心潮涌动，何意百炼刚，化为绕指柔。后来的后来，君以君车去，女以女贿迁，良辰美景、洞房花烛，两人从此结成世间最亲密的连理，成为彼此生命中最重要的人。

新婚的日子一定是温暖而美好吧，爱情的甜蜜一定更胜陈酿的清酒吧，令这娇羞女儿、这七尺男儿一并沉醉。她无疑是宜室宜家的好女子，可以把他钓来的鳜鱼烹成人间美味、可以将房前的空地变成四季无虞的菜园，采桑纺织、裁衣女红，饲养家禽、料理家务，无一不体现着她的温柔能干。她更是爱他敬他的良配，会在其耕作归来时准备好热汤、会匀出一些米粮酿制他最爱的美酒、会在他面前笑靥如花一般绽放……

若是能这样一直相爱，该有多好。

如今春已暮，一别六个月有余。初别时，她夜夜入梦来，浅笑如昔、言语如故，就仿佛从来都不曾离开过。但是从什么时候起呢？从哪一日起梦中那容颜便渐渐模糊，身影也渐渐远去呢？以至于近日来，梦中就只剩下苍白的声音了，其一便是那悠扬的机杼声，和着鸡啼、和着犬吠、和着乡音；另一种则是那日官吏震天的敲门声，如玉碎、如裂帛、如惊雷。这两种声音夜夜在士兵的梦中交织、撞击，次次都令人魂断、梦远。思归啊思归，田园将芜，美人迟暮，铮铮铁骨也泪垂！

可惜那一卷军帖，竟让人生生别离，天各一方难相聚！

眼见陈宋两国的纷争已经调停，本以为可以就此返回卫地，怎奈何，又长期淹留在这边境。

战事令人如此疲累，他却是夜夜相思入骨、辗转难眠。宿营地附近的河畔、树林、山坡，哪一处不曾留下他孤独的剪影？总是在夜里，对月长叹息。

南境残冬暖，树木尚青、流水不冻，全然没有家乡那酷寒的滋味。他却在一次次盘算着家中妻子冬日的柴火可足，门前的河水可曾解冻。

随行的战马也会格外依恋北风，总是在日落之时向着北边嘶鸣；更何况是来自北边的儿郎，妻子亲手做的布鞋早已磨坏了，他却把它包在行李中舍不得丢弃。对着它喃喃道，去年清明移植在屋后的桃李开花了吗？今年的桑叶可还够吗？屋顶的茅草该换了吧？若是漏雨可该怎么办呀？

一日不见，如三秋兮；这绵延的思念，哪里有片刻停歇？

那一日洞房花烛夜，女孩儿着大红色的礼服，如一朵盛放的芍药，美艳不可方物。她的盖头上，是自己亲手绣的鸳鸯戏水，鸳鸯交颈、水波微漾，画面鲜活得仿佛可以听见振羽之声。她的良人盯着这盖头看了许久许久，担柴荷锄的双手，此刻却微颤，根本没有勇气去掀开这薄纱……

院中前来祝贺的亲邻渐渐散了，散了，窗外皓月当空、房内烛火摇曳，整个世界安静得只剩下虫鸣与彼此的呼吸。盖头掀开，她娇羞的容颜好像三月桃花、五月芍药、七月芙蕖；她眼眸好比秋日水波、元宵灯火、熠熠星辰；揽之入怀，此刻，彼此的心跳胜却任何言语……

次日晨起，她坐在窗前梳发，他那么自然地接过木梳，轻轻打理着那如云的青丝。可以想象，此刻二人面上定开着一朵朵粉粉的杏花。这场景，的确是闺房最大的乐趣，而这两人之间，如此自然、如此熟悉，好像已经在一起生活了一辈子。

正是在那一刻互相许下了最真挚的誓言："死生契阔。"握紧彼此的手，感知着对方炽热的爱情。"执子之手，与子偕老。"这世上，又有什么能比心心相印的爱情更美好呢？

而这共白头的承诺尚记在心头，人却是两地分离，隔着千山万水。

这山水遥遥车马迢迢，何日才能与她重逢，何时才能到家再吃一顿她做的饭、饮一杯她酿的酒？这时日漫漫王事碌碌，何时才能履行自己许下的承诺？亲爱的人儿，千万别怨恨，千万别忘记，否则这天地苍茫，该有多么孤独？

思归，思归，身虽远，魂已归。但愿你安好，愿你勿老，静待吾回。

今我来思，雨雪霏霏
——《王风·扬之水》

王风·扬之水

扬之水，不流束薪。彼其之子，不与我戍申。怀哉怀哉！曷月予还归哉？

扬之水，不流束楚。彼其之子，不与我戍甫。怀哉怀哉！曷月予还归哉？

扬之水，不流束蒲。彼其之子，不与我戍许。怀哉怀哉！曷月予还归哉？

河水悠扬轻缓慢慢流淌，一捆柴火都难以浮起，又如何能载得动征人沉重的乡愁？想起独留家乡的意中人，不能与我同把申国戍守。想念啊想念，何时我才能返回家乡？

小河清浅柔缓慢慢东流，一捆荆条都难以漂浮，又怎么能托得起游子满腔的怀念？想起独守空闺的心上人，何不前来与我戍守甫国？忧思啊忧思，何时我才能回到她身旁？

河流清扬平缓慢慢游走，一束蒲柳都无法承载，又如何能够替远行人捎去一声问候？想起苦苦等待的美娇娥，不能与我共同守卫许国。思念啊思念，何时才能与她重逢？

平王东迁洛阳之后，南方强大的楚国便成了最大的威胁。楚一直怀有侵吞小国的野心，若唇亡，必齿寒，于是平王派兵戍守距离王畿甚近的申、甫、许。可是王都向来地小人稀，根本无法抽调新人去替换旧兵，原本三年的征役，多少人从翩翩少年守到两鬓斑白。戍卒思归，怨声不断，遂成一曲《扬之水》，歌声幽咽，如泣如诉，唱尽了征夫心中的怨愤和思念。

前两天，从王都随行到南境的最后一匹战马死了，老死的。记得初次见到这马儿，大家都为它的俊美而惊叹，毛发柔顺光亮，跑起来的时候在风中骄傲地飞扬，它眼神明亮桀骜，一声高亢的嘶鸣能让群马臣服。

可是不记得从何时起，它也老了，速度越来越慢、鼻息越来越重、眼睛越来越浑浊……它在冬夜里默默地倒下，晨起的朝阳再也没有将它唤醒。

他觉得这无穷无尽的戍守辜负了这匹好马，它应该属于战场，在刀光剑影中骄傲地战斗，或荣归或死去，都是满腔热血。而不是像自己一样，身体一点点枯朽，赤心一点点冰冷，除了像枷锁像蚕茧一般无尽的思念，在这世上什么都没有留下。

马首向北，一抔黄土一抔白雪，他亲手埋葬了自己最好的伙伴。生前它总是喜欢迎着北风奔跑，似乎能嗅到家乡的味道，如今竟连尸骨，都留在了异地。日里梦里，他不止一次幻想骑着马儿回乡时的模样，顺着河流一路驰骋，把一身的风霜抖落。

城门口的古槐肯定更加粗壮繁茂了，草木无情，无情却得长久。父母坟前的松柏说不定已经齐人高了，不孝子不得送终，眼泪都洒在了异乡的土地上。邻家的她早已为人妻、为人母了吧，不知是谁有幸娶得那么好的姑娘……

如今他葬马，他日谁葬他？

不知，不知，说不定就在这风雨中化为累累白骨，也无人知。

幼时他就格外喜欢戏台上雄赳赳气昂昂的大将军，喜欢执着荆条跟小伙伴玩打仗的游戏。打小他就偏爱兵书谋策，十年来专注学武强身，刀剑弓戈无一不精。当国家陷入困境，眼看冲突日起战事将兴，他心中竟有一丝不合道义的窃喜，乱世成就英雄，他以为自己将是指点江山的那一个。

出征时他何其骄傲，骑在马背上意气风发，向着保家卫国、功成名就的美梦一路疾驰，将年迈的双亲、心爱的姑娘尽数抛下。不过三年而已，三年以后凯旋之时，他定是年轻的将帅，回来给她一场盛大的婚礼，一个圆满的家庭。他骑着最帅气的骏马，昂首挺胸走在队伍的前头，把所有如乌云密布一般的忧愁抛在身后。

然而，终是少年不知愁滋味。

羸弱的君主意在求和，对强敌一再退让，战争未起，边境渐安，他们成了被遗忘的戍卒。一人一马，独守一座烽火台，狼烟不起，不知何处有人烟。

初时他只是狂躁，焦急地盼望着浓稠的青烟升，一日复一日，他犹如百爪挠心般难忍。平静，死一般的沉寂，连风的呼啸，都那么清晰。

后来他终于说服自己接受现实，接受默默守边的宿命。于是那压抑在心底的想念，铺天盖地喷薄而出，比理想破灭还要磨人。

他总是想起可爱的邻家姑娘，出征那一日她都没来送他，记忆中最后一次所见的她，竟是那一晚满面的泪痕。她劝他不要远征，她说自己只想要安稳的一生，彼时还觉得小女子见识短浅，彼时还志气高亢不以离别为伤，哪知自己才是轻狂鲁莽的少年郎，一朝别离，千朝悔恨。

小时候她总爱跟在他后头跑，男孩儿性子野，上山掏鸟窝下河摸螃蟹，她就抱着他的衣裳站在那儿等。偶尔分给她一颗淡蓝色的鸟蛋、一只断腿的小蟹，她便高兴得手舞足蹈，大大的眼睛里放出光芒来。他老是嘲笑她把鸟蛋塞在鸡窝，又傻又天真，可是有一次居然真的孵出一只小小的麻雀来。两个小孩把它当作宝贝，天天去翻菜叶背后的虫子来喂它，可惜翅膀一硬，鸟儿便迫不及待地飞走了，同总想出来闯荡的自己一样没良心。

后来那个小丫头居然会绣荷包了，他左看右看还是觉得自己腰间荷包上那两只浓墨重彩、歪歪扭扭的动物顶多是麻雀，怎么可能是鸳鸯呢。第一次这么说的时候，他笑得肚子疼，她却一扭头，气呼呼地走了，他分明看到她出门的时候，抬手擦了一下眼泪。笑容凝固在脸上，心像被重重地打了一拳，闷闷的疼痛感持续了很久。荷包系上身，便再也没有取下来过。

母亲说要请个媒人去隔壁提亲的时候，他还是一副不以为然的模样，从小就觉得邻家姑娘虽和自己隔了一堵墙，本质上却是一家人。哪晓得

【一六七】

媒人还没上门，征兵的布告就先占满了少年的心。

满天星辰，争先在水波里瞧一瞧自己美好的模样，涟漪轻漾，倒像是揉碎了满江的光芒。那时白露已降，蒹葭早就颜色苍苍，他对倚在自己肩上的姑娘说："再等三年好不好？等我功成名就，骑着高头大马来迎娶你。"他对她说自己从小的向往，说历史上那些精彩的战役，说好儿郎就当志在四方……伊人眼中的光渐渐黯淡下去，他却只看见水影里神采飞扬的自己。

临别前夕，她的眼泪像断线的珠子一样滚落，一点一滴，打湿裙裾。她求他不要走，她说自己不要凤冠霞帔，只想与他一生相守，他怎么也哄不好眼前泪如雨下的人儿，满心的狂热急转为愤懑，话脱口而出的那一刻他就后悔了，还没来得及解释，女孩子就已经松了手，转身离去时那一瞥含着愤怒、质疑、惊惧甚至厌恶。

他说："等不及你就先嫁了吧。"

她真的等不及，真的先嫁了。

他骑着马一路奔波，整整三天三夜没有合过眼睛。黄昏，满天飞霞，他终于在熟悉的酒家看见了陌生的她，长发绾起，当垆卖酒。她站在自己的安稳人生里，笑看每一个过往的行人。

那是他出征在外的第七年，他在边关的小屋里点着木柴烤火，煨一锅米粥。过路人应该是被风雨赶进门来的，毕竟方圆十几里就只有这么一星火光，竟然是一个来自家乡的商人。边境早就恢复了正常的商贸往来，近年来他几乎每个月都会遇见一两个陌生人，只是一直没有遇见故乡人。

他拿出珍藏的好酒招待客人，酒酣饭饱，自然是打听家中的情况，自然是先问她的消息。不知该说幸运还是不幸，商人刚好认识王家姑娘，他说张王氏酿得一手好酒，在出关路上无人不知无人不晓。也不知张家老板哪辈子修来的福气，居然娶了这么漂亮能干的女子……

话音未落，他几乎是冲上马就走，狂风暴雨里躲开有人戍守的关卡，捡着山林小路走。定是要见一见，才能信的，说不定他们说的根本就不是同一个会酿酒的王家小妹呢。

然后，他就在这个黄昏里，看见了熟悉又陌生的她，在温暖的灯火中，替行人装满酒囊。那憨厚老实的男子，自然而然接过她手中的竹提，替她拨好散下的头发。他站在远处，突然就笑了。

曾经相互扶持着送行的老父母早已变成了两堆黄土，曾经对他唱情歌的小女孩已经为人妻为人母，这座生养他的故城里满是陌生的面孔，有小儿笑问，客人你从哪里来，要到哪里去。

雨雪纷飞，他站在故乡的土地上茫然失措，天地如此之大，连他自己也不知到底该往何处归去。

最后，他居然又回到了边关，回到小小的烽火台，回到了这个曾经做梦都想逃离的囚笼。自归来，老马便病了，一天更比一天瘦弱，筛下的精细草料竟也吃不下了。清晨，久违的阳光照射在马厩，它却再也没有醒来。

他用残雪来埋葬它，每一捧泥土都是刺骨的寒冷。自己的梦想、自己的青春、自己的爱情，也被他亲手埋葬了。雪化了，就该开春了吧，你说这河边的杨柳萌发新芽的时候，会不会有鸟儿来做窝？若是能捡到一颗鸟蛋，该多好呀，若是能孵出一只小麻雀，便再好不过了。若是她能捧着衣裳在树下等，那小小的脸蛋上，定然闪烁着欣喜的光芒。

果真是老啦，不然，怎么白日里也做梦呢？

暗香浮动月黄昏
——《陈风·月出》

陈风·月出

月出皎兮，佼人僚兮。
舒窈纠兮，劳心悄兮！
月出皓兮，佼人懰兮。
舒忧受兮，劳心慅兮！
月出照兮，佼人燎兮。
舒夭绍兮，劳心惨兮！

【一七一】

中国古典诗歌原本就是和乐而生的歌曲，因此它们一般都具有优美的旋律；所谓的押韵，更是赋予了古诗独一无二的魅力。但语言本就充满变化，更何况有关于此的文字记载甚是不足，千百年后的我们，早已无法得知当时的语音体系，无法读出原汁原味、合乎格律的诗歌来。

所以在《诗》三百中读到《月出》时的惊喜，就像久久行走在漫长曲折的山路上，身心俱乏的时候，不料想一个转弯，竟有满树繁花闯进人的视线，习习微风送来缕缕清香，只想快步行至那树荫下，静卧在春日绵软的草地上，任由落花沾满发。这一种不期而遇，总是叫人喜出望外。

《陈风·月出》一直被推为《诗经》中情诗的杰出代表，它反复吟咏，句句押韵，用大量的形容词来描写月下美人的绰约风姿，来抒发作者难以排解的思念。

这首诗读起来更像不经意间触碰到了沉寂的古琴弦，一连串清扬静冽的音符流水般倾泻，也像那六月江南，急雨打芭蕉，绿叶肥圆，其声更浑厚深幽。空谷归鸟啼、月夜吹芦笛，都是这诗歌中所涵括的声音。阅读之、朗诵之，从口中溢出的声音自顾凝成曲调、变成歌唱。它凭借自身的美好完成这场盛放，而读者，只是偶遇繁花的过客罢了。

【一七二】

又是一年元宵佳节。

难得冬日里有如此暖烘烘的阳光，想来今夜，必定可见那圆月一轮。

不过在这个万家灯火的日子里，再好的月色终究也会沦为陪衬。在杭州城内，护城河两岸那数以万计的花灯，才是今夜的主角。每年上元节，南岸照壁双龙戏珠的巨大花灯率先点亮，紧接着水边各色的彩灯便次第燃起来了，罗汉灯、蝴蝶灯、红纱灯一盏接着一盏，像是草原上止也止不住的野火，顺着风越烧越旺，直照得市集明亮如白昼。

青吟巷口，西虹桥头，有两棵一百二十年的古樟，在亭台楼阁之上，它们枝枝相覆盖，叶叶相交通。柳家人世世代代在这古树下卖花灯，他家的灯，是杭州城中最文雅、最精致的。

每年多少慕名前来的才子佳人，就在赏灯猜谜的时候结下了良缘。人们都笑称，这东西虹桥是月老落下的红线，所以格外能够促成姻缘，不信你看，就连这樟树，也是相依相偎伴着生。

可这灯铺的第五代传人柳风，那个总是着长衫的清瘦男子，却还是形单影只一人。巷子里的老人们总是说，他的魂早就被灯笼勾走了，只可惜了柳家祖传的这门手艺，以后怕是要断了，以后杭州城怕是少有这么好的灯了。

每年这一天清晨，他总是划着一叶扁舟，载着今年的花灯入城来。

【一七三】

虽说柳家的灯总是要在供人赏玩后，等到灯市消歇之时再出售，可从来都是被四方来客一抢而空，根本不可能滞留。但奇怪的是，柳风总是要抱着那盏宝贝似的风灯等到第二天黄昏，才会从这树下起身，去东虹桥头买几坛好酒，醉卧在小船上，顺水流去。从来都没有人知道，他从哪里来，要到哪里去。

晨雾刚刚散去，便听见咿呀的划水声，他照旧在这个时辰到来。走到巷尾的面摊上吃一碗阳春面，将十数根古旧的葛麻绳系在古樟上，把今年新制的彩灯一一高挂。

那兔儿灯活灵活现，眼睛好像会说话，那宝塔灯精雕细琢仿佛真是一砖一瓦砌成的，那红纱灯上的仕女珠圆玉润似乎正在摇动手中的团扇……虽然灯还没有点亮，慕名前来观赏柳家花灯的人却络绎不绝。他只是静静坐在这古树下，抱着那个老木匣，并不言语。匣上朱红色的漆已渐脱落，原本精美的纹样只能依稀辨出乃是数竿修竹。

一如他云雾缭绕的眼眸深处，隐隐约约露出的最是鲜嫩青葱的竹海，仿佛散发着青幽的光芒。

柳家世代居住在万山圈子里，门前河水蜿蜒曲折，一路流淌至繁华的杭州城。屋后山峦重叠起伏，漫山遍野的修竹，遮天蔽日的浓绿，偶尔风来，河面才起涟漪，竹海已翻波浪。枝叶扶疏的龙吟声，穿云破空，有如天籁。

记忆中，他刚刚会跑便跟在祖父后面上了山，祖父熟悉这山坡上的每一棵竹子，他粗糙的手抚摸轻触竹节时，就好像是在摩挲自己花白的发。祖父说，十年以上的竹子，已经吃饱了日月飞霜，上蒸笼时往往会沁出碧玉般的汗珠。技艺娴熟的匠人，便可用这样的竹子，做成世间万物。

下山的时候，他唱着童谣蹦蹦跳跳走在前面，祖父拖着凤尾竹窸窸窣窣在后面跟。

后来，砍好的楠竹扛上了肩，父亲在前头，他在后头。黄昏月将出未出的时候，他偶尔能看见竹子发出的光，细蒙蒙一圈绿光，甚是微弱。父亲说这是竹子的心，发光的竹子最适合做灯笼骨，最容易与烛火融为一体。

记得第一次独自上山，他便径直走到了北坡，三次挥斧便砍倒了那棵最为笔直粗壮的楠竹。他连拖带滚才把竹子弄下山，步伐虽狼狈，心却是欢喜。一想到昨夜邂逅的姑娘，他便觉步履轻盈如林间小鹿、身心自在如云间惊雀。他要用肩上的竹子，做一盏最精美的灯笼，送给他的心上人，一个宛若从月亮上走下来的女子。

用上了作坊里最大的蒸笼，文火慢慢蒸了九遍，每一次楠竹上都会渗出如碧玉一般的清露来，他实在喜悦，竟不觉得等待是漫长的。竹子特有的香味久久在房屋周围萦绕，一如她的身影在他脑海中徘徊不去。

【一七五】

他记得当年自己不过十四岁，第一次跟父亲去杭州城卖灯。少年的心性最是浮躁不定，最是喜欢热闹，根本不可能静坐在虹桥旁老树下，等待顾客前来。风里来雨里去的山间孩子，灵活机敏如猴儿，他几乎没费劲，就一路挤到了人群的最前面，正对着河南岸的照壁。

灯是从龙尾开始亮起来的，起初不过像是幽微的萤火。盘曲的龙身渐渐亮了，便要比夜行时点起的火把更光明一些；等到所有的光最终汇聚在圆珠上，他竟觉得好像是在山顶看日出一样，太阳跃出地平线的那一刻，整个世界都亮了。一串爆竹声，整座城池便都接到了命令，河两岸像是烧过去一条火龙，千千万万的彩灯同时怒放。刹那间，如春风吹开了繁花，姹紫嫣红、光辉灿烂、灯火阑珊。

人潮向街巷涌去，熙攘中他一个踉跄，径直撞上了身旁的人儿。

一声娇呼："谁呀，这么不小心，这可是我的新衣裳。"你可曾听过檐下冰凌融化时，滚圆的雪水滴在青石板上的声音？他觉得当时，自己便听到了如此美好的声音。

她着一身月白色的裙袄，衬得肤白胜雪、面含桃花，一双水灵灵的大眼睛滴溜溜地转，映着火树银花，格外璀璨。他有一刻失神，觉得这眼波，与幼时在竹子身上看见的光芒一模一样。

他怔怔的样子反而逗笑了对面的俏人儿："吓傻了吗？放心吧，我不会让你赔的。"

【一七六】

她拍拍衣裳往前走，突然又扭过头来问他："你也是一个人偷跑出来的吗？不如我们一起去赏灯吧？"他一会儿摇头，一会儿又重重地点头，她扑哧一声笑了，笑容美得像是一朵出水芙蓉兀自开放。

她大概是第一次出门赏灯，性格又实在活泼讨喜，一看见新鲜玩意儿便连连称叹，到最后实在找不到形容词，便一个劲儿叫好。谈到灯，他的话匣子便渐渐打开了，一会儿说这兔儿灯不够圆，一会儿说她手中的纱灯实在不通透，一会儿又说这些灯盏太粗糙了。她不服，气得直跺脚，嚷嚷着要去看他们柳家的灯，要去挑一盏最好看的灯。

然而一路吵吵闹闹走到虹桥上时，却发现树下空空荡荡，只剩下几根随风摇曳的绳索时，他脸上顿时乌云密布，巨大的失落根本无法掩饰。良久，她过来扯他的衣袖，柔声安慰："看来真的是很好的灯了，不然怎么会这么早就卖完呢？要不来年你给我留一盏吧，我要最漂亮的。"

他用两节竹子雕了一座楼台，青瓦鳞鳞、四角翼翼，精巧到每一根廊柱上都刻有篆体诗词，神奇到每一扇窗户都可以推开。这雕琢耗去了三个月的时光，他白日在楼上全心雕刻，夜晚便在皎皎的月光下，思念心中的她。

他用薄如蝉翼的轻纱罩住灯笼骨架，在四面绢纱上作画，从春日落英缤纷，夏季藕花深处，到秋天层林尽染，冬日皑皑白雪，每一幅都是栩栩如生。最细的毛笔纤纤如发丝，他一笔一笔描画，一夜一夜难眠，月儿皓皓，圆了又缺，离别越来越久，相会越来越近。

次年元宵节，他静静坐在大樟树下等待，怀中抱着一个质朴的木匣，他要等到她来，再把灯点上，这样她就会看见最神奇的灯笼了，不知她又要怎样惊叹了。

然而一年又一年，灯笼始终没有点燃过。从来没有人看到过那灯笼中牵手的一对璧人，风吹灯转，便会从春花烂漫一路走到冬雪纷飞。

淋着月光在小舟中飘荡，他其实没有喝醉，有时候他只是在想，女孩儿是不是月宫中的仙子，偶落凡尘之后早已回归天际，否则怎么会这么多年杳无音信呢？在那清冷的月中有什么好，为何看不到他苦苦的思念？

还是说，她不过是忘了。

卷六

闺怨：闻君有两意，故来相决绝

相爱的时候，从来没有想过，这爱情有一日也会消散、会变化、会死去。

私以为,《诗经》中最凄楚的一句莫过于“于嗟女兮，无与士耽。士之耽兮，犹可说也。女之耽兮，不可说也”。女子生来便温柔多情，懵懂的年纪里，若是遇上一个风流倜傥的公子，很容易便陷进爱情里去，奋不顾身一如扑火的飞蛾。可是谁又能保证她遇见的那个人，就是重情专一的良人。

男儿多凉薄，何况是处在一个允许他们三妻四妾、二三其德的社会之中。所以多少女子都是一片痴心错付，那枕边人，往往都是只可共患难、不可同富贵，因而多少浪漫的爱情故事，最终都以伤心的眼泪告终，甚至衍生出怨恨来。

他许下承诺的时候从来没有想过背叛，只是佳人的容颜比花还容易凋零，生活越来越好，自然有新人投怀送抱。一生疏远、二生冷落、继而嫌恶，以至遗弃。她最终都很难明白，为何那个信誓旦旦的夫君会变心，为何甜言蜜语会变成冷言冷语？她以为凭借爱情可以一生受人庇护，谁知那爱情，最是瞬息万变、不可依靠。

从被宠爱到被遗弃，弃妇心中所积攒的失望、痛苦、怨恨自然是极深极重的。弃妇之词，读来就令人心有戚戚然、愤愤然。从《柏舟》《氓》到《谷风》《白华》，每一字每一句都是泣血的诗，是女子唱给自己爱情的葬歌。

在这些诗歌里，她们怀念自己逝去的爱情，或许还有一丝盼望，盼望他回心转意。但更多的是她们在凄烈地告别，告别那个天真的自己，告别这不堪的爱情，闻君有两意，故来相决绝。

从今往后，你与你的新人相拥，我与我的傲气相守。

从今往后，哪怕在孤独之中也要自得其乐，哪怕在荆棘之上也要努力盛放。

我本就是山谷清泉、是清风修竹，我原本就有牡丹芍药一般的骄傲、梧桐松柏一样的骨气，只是陷在爱情中，才会甘愿低到尘埃里。如果爱情死去了，我自然要活成自己喜欢的模样："摘花不插发，采柏动盈掬。天寒翠袖薄，日暮倚修竹。"

卿本佳人，幽居空谷，遗世而独立，自有自的胸怀和傲气。

卿本辛夷花，静放在涧户，开落无人知，便孤芳自赏之。

我心匪石，不可转也
——《邶风·柏舟》

邶风·柏舟

泛彼柏舟，亦泛其流。耿耿不寐，如有隐忧。微我无酒，以敖以游。

我心匪鉴，不可以茹。亦有兄弟，不可以据。薄言往诉，逢彼之怒。

我心匪石，不可转也。我心匪席，不可卷也。威仪棣棣，不可选也。

忧心悄悄，愠于群小。觏闵既多，受侮不少。静言思之，寤辟有摽。

日居月诸！胡迭而微？心之忧矣，如匪浣衣。静言思之，不能奋飞。

【一八三】

飘飘荡荡的柏木舟，无人划桨顺水流淌。月光下是谁在水边久久徜徉，亲爱的姑娘啊，你为何焦灼不安难入眠，你为何眉眼轻蹙似有隐忧？难道没有美酒来消愁，难道没有地方可遨游？

非也，非也，并非没有美酒，并非无处遨游。

我的心不是雕花的青铜镜，不是任谁都可以留下倩影。娘家亦有亲兄弟，谁曾想他们竟然如此不可靠。无奈前去他家诉苦，竟然反对我暴躁发怒。世上男儿都是一样凉薄，我竟无处可归无处倾诉，顿觉心生孤苦。

我的心不是一块无悲无喜的顽石，怎能任人来搬转来挪动。我的心不是柔顺无骨的草席，不能任凭人打开又卷起。骄傲的女子啊自有安和容颜规矩举止，绝对不能不断退让任人欺侮。

忧思重重在心头萦绕，众妾对我心怀怨怼。所遭遇的中伤陷害那么多，受到的侮辱折磨也不少。细细考虑谨慎思考，多少次从梦中惊醒，捶打胸脯聊以遣忧。

朝阳啊明月啊，为何变得昏暗无光？我的夫君啊，为何你偏宠新人看不清事情的真相？心头的烦恼层层堆积，就像一件洗不干净的旧衣裳。细细考虑谨慎思考，无法展翅高飞弃你而去啊。

《诗经》中的小情歌可谓完整地反映了爱情的方方面面：从心有萌芽，思慕君子美人的“窈窕淑女，君子好逑”开始。既有甜蜜的爱情婚姻，如《溱洧》一般浪漫的约会、如《桃夭》一般喜乐的婚礼；也有苦涩的思念追悼，如《君子于役》一样的妇人思夫之词，如《绿衣》那样怀念乃至追悼亡妻之词。毫无疑问，爱慕、热恋、思念以及婚约都是爱情的题内之旨，然而难以避免的是爱情也存在变质的可能性。

时间是最可怕的，它渐渐风蚀了那颗原本就不够坚定的心，它剥去了那些由谎言伪装起来的美好，多少爱情经不起时间的考验，夭折在风雨里。因而在《诗经》之中，从来就不缺少且怨且怒、如泣如诉的闺怨诗歌。

《邶风·柏舟》篇正是一首代表性的闺怨诗。诗歌中的女主人公的丈夫喜新厌旧，宠妾甚多，自己既失去了丈夫的爱情，更被一群小人中伤侮辱，甚至连家人都不理解她的忧愁。

她在极致的孤独苦闷之中唱着“我心匪石，不可转也”，哀且哀矣，其坚贞不屈的性格更是通过诗歌显现出来。她英姿飒爽，她骄傲清高，她坚持自己的爱情，对二三其德的丈夫极度失望，若是肋下生双翼，定会乘风远去，远离这纷扰的红尘吧。

父亲说，萧家世袭的侯爵，忠良辈出，与我们世代书香的林家门当户对。

母亲说，萧家最小的公子，风流倜傥，与我们温柔美丽的清儿正是良配。

她记得诗文里的爱情故事，总是美好得令人怦然心动。故事里总是说洞房花烛夜是人一生中最喜悦的时刻，伊人若水、君子如玉，他们在人间烟火中相遇相知，陷入浪漫甜蜜的爱情中去。自此举案齐眉、琴瑟相和，岁月悠悠静好，与心上人偕老。

她所求的不过是天下女子的共同渴望：一生一世一双人。

新娘的心比喜轿颤动得还要厉害，盖头下娇艳的脸庞比喜服红得更为彻底。满街喧嚣的锣鼓、身边人的笑闹、临行母亲的叮嘱，各种声音在她耳畔回响，最终交汇成一片静谧的水波，小女儿在其中，心神荡漾。

晨起对镜梳妆时天色尚未明朗，母亲用最璀璨的珥珰、最精美的钗、最典雅的簪为她装扮，眼见镜中天真的女孩慢慢绽放，成为娇羞华美的新娘。入夜静坐等待时窗外已是星河灿烂，绯红色的盖头下，她只看得见摇曳的烛影，跳动了一夜的心稍有平息，就听见有人推门而入的声音。雅乐渐悄悄，陌上颜如玉，公子世无双。

新婚时何尝不是两情相悦、琴瑟和谐。他是风流潇洒的翩翩公子，她是知书识礼的世家千金，雨雪霏霏，拥炉而坐，一盘棋一下就是一天。他为她作画，画里的女子笑意浅浅人比花娇，他喜欢听她弹琴，自己把盏酌酒，看过来的眼光尽是温柔。

春日里万物勃发，他喜欢带她骑马，在空旷的草野上奔驰，杨柳风拂面，像是爱人轻柔的吻。夏日来亭亭莲花打开，晨起，一叶扁舟，他陪她去藕花深处收集露水，睡眼尚惺忪。秋来落叶纷纷，正好扫来烹茶，一盏好茶换清箫一曲，入口都是荷叶的清甜，入耳都是灵动的乐声。冬来百花杀尽，唯有一剪红梅如伊人面上胭脂，在皑皑白雪中盛放，她在西窗下绣一只荷包，他倚在软榻上吟诵一首情诗。

年轻女子的心中，每一日都满溢着幸福的蜜汁。难怪所有人都向往爱情，难怪所有诗文都歌咏爱情，哪怕要为这甜蜜付出生命，她也情愿。

不承想浮云散、星月暗，她自以为比金玉坚贞的爱情，却在现实里被风蚀、被剥落，碎落一地残渣。

不知道从何时起，雕窗上的投影便由一双妙人儿变成了茕茕孤影，她不知道究竟有多少个夜晚，自己在灯下从黄昏坐到日明。他总是行色匆匆，偶尔的停留也是狂躁易怒，不复往日温柔。

一开始，她还以为自己的夫君遇到了什么烦心事儿，总是想方设法去宽慰他，亲手做精致的点心，一遍遍送去温热的茶羹，她以为自己的爱情是不会变的。

直到那一日，他突然前来，满脸喜色地通知说自己要纳妾。绣花针深深刺进手指，她愣在原地，连疼痛都不知。脑海中一片空白，她根本不知自己应该如何反应，眼中涩涩的，却并没有眼泪。他说你是大家闺秀，应该明白礼仪规矩，不要乱了分寸。她不知他是如何离去的，她只觉身下的地面太冰凉了，手脚都僵硬了。

如花的少女一个个娶进门，出了这深闭的院门，整个萧家都是嘈杂纷乱惹人烦。她竟有一丝麻木了，早就不知心痛为何物。早在他第二次纳妾的时候自己就反抗过，她怒气冲冲地前去质问，她想知道为何自己的爱情必须要与旁人分享，她不愿、她不甘。可是除了徒添伤悲又有何用呢？他满脸的理所当然，她气不过摔了随身携带的玉笛，他说逢场作戏罢了不必当真，头也不回地走了。

她站在满地的碎片中，听见自己心碎的声音，哗啦啦崩落的还有那自以为是的爱情。洞房之夜他以玉笛相赠，说但愿琴瑟相和，携手一生。原来，竟是戏言。

院门紧闭，心扉紧锁，任凭丝竹喧嚣她全然不放在心上，任凭人走茶凉她似乎已经丢失了自己。日复一日的静坐，其实早就说不清在想些什么，在愤懑，还是在忧伤，脑海中的念头太多，一时间难以厘清。

若不是他当众对她辱骂，只怕心中最后一丝希望还要存在很久，只怕自己也会成为逆来顺受的可怜人吧。

同住在一个屋檐下，又怎么可能完全避开那莺莺燕燕。她虽是他明媒正娶的妻，却性子柔软，又不得丈夫宠爱，自然会有人存心僭越，百般凌辱。不过是些言语上的冲突、事物上的争夺，她素来不喜这种小肚鸡肠的兜兜绕绕，本来完全没有放在心上。谁知耐不住枕头风，他居然会前来兴师问罪。

算一算，约莫半年的时间没见了，他似乎胖了不少，眼神中的暴戾之色更重了。她不过是据理力争，他却认为是诡言善辩，肆意顶撞，他大声地责骂，小人们得意地笑，炉中最后一点儿火星，闪烁几下，终究灭了。心如死灰。

她拂袖而去，全然不顾背后轻蔑的眼神。记得待字闺中时，她总喜欢读一些浪漫的诗词，她多么希望自己逢着一个真心的爱人，不论贫穷还是富贵、不论容貌与家世，只求真心，“执子之手，与子偕老”。

她大步流星，似乎要走出这虚情假意编织的牢笼。记得新婚时情真意浓，她全心全意付出了自己所有的爱，根本不曾想过对方的心是否和自己一样坚定。她以为那些诗一样的生活就是爱，她以为那些情意绵绵的话就是爱，她以为爱了，就该海枯石烂不再变化。一片痴心，终究是错付了。

可是人心又不是那铜镜，任凭谁都可以欢喜时便来留下身影、不爱了便转身离去，干干净净不留痕迹。她的心里把往日的浪漫看得太重了，要抹去负心人的痕迹太难了。

【一八九】

人心又不是顽石，任凭谁都可以搬动移转，随意弃置，根本不知爱恨为何物。她的心比金玉还要坚定，又比云雾还要柔软，昔日的柔情蜜意最后都成了尖锐的武器，揣在怀里不肯放，只能遍体鳞伤。

人心更不是草荐，任凭谁都可以轻易打开又合上，席子它本无情，自然不会伤感。她的心里闯进一个薄情郎，哪能说关上就关上。所以午夜梦回，才会在月光下小河边，一遍又一遍徘徊……思念、烦忧、愤怒，搅得人心难安。不若乘风而去吧，把这红尘、爱恨全都抛下吧。

乘风而去，乘风而去，九重天上，自然没有离与弃。

流光容易把人抛
——《卫风·氓》

卫风·氓

氓之蚩蚩，抱布贸丝。匪来贸丝，来即我谋。送子涉淇，至于顿丘。匪我愆期，子无良媒。将子无怒，秋以为期。

乘彼垝垣，以望复关。不见复关，泣涕涟涟。既见复关，载笑载言。尔卜尔筮，体无咎言。以尔车来，以我贿迁。

桑之未落，其叶沃若。于嗟鸠兮，无食桑葚。于嗟女兮，无与士耽。士之耽兮，犹可说也。女之耽兮，不可说也。

桑之落矣，其黄而陨。自我徂尔，三岁食贫。淇水汤汤，渐车帷裳。女也不爽，士贰其行。士也罔极，二三其德。

三岁为妇，靡室劳矣。夙兴夜寐，靡有朝矣。言既遂矣，至于暴矣。兄弟不知，咥其笑矣。静言思之，躬自悼矣。

及尔偕老，老使我怨。淇则有岸，隰则有泮。总角之宴，言笑晏晏。信誓旦旦，不思其反。反是不思，亦已焉哉！

【一九一】

彼时早已入秋了，自白露之后，山林好像纷纷穿戴起了霓裳，一日比一日绚烂多彩。连日来，静夜总是悄悄，曾喧嚣的虫鸣只余下稀稀拉拉两三声，不知何时就会断；而这西风却愈发吹得紧了，或是夹杂着菊花的清香，或是捎带着落叶的窸窣，仿佛这萧瑟天地间，唯独剩下这么一份热闹。

前几日秋雨绵绵不休，竟使汤汤淇水渐有长势，水流狭窄处那唯一的低矮石桥，原本好不容易才在水流枯竭时崭露头角，这几日又被流水遮掩，再度隐藏在粼粼波光之下。

河水虽清浅，却冰冷难耐。于是两岸村镇的往来，不得不暂时停歇。淇水曲折浩瀚，河畔原野苍茫，如此宽广的天地间人迹寥寥，独有西风无休止飘荡。

风把这凄迷的衰草压低了，远方渐渐现出一个纤弱的姑娘。她的步伐何其缓慢，仿佛肩上的包裹是她不堪承受的重负。她的身子何其瘦削，好像这秋风随时可以将其卷走。她融在这枯黄颓败的草丛里，宛若已丢失了自己的生命。

近了，近了，连她单薄衣衫上精致的绣花也清晰可见了；这素白的衣裙上绣着娇嫩的并蒂莲，花瓣鲜活得仿佛在秋风里微微抖动。那包袱空空荡荡，几乎贴在她瘦弱的肩头，又是什么压得她抬不动步？

停了，停了，女子的目光久久盯着浩荡的流水，可是眼神却缥缈游离，隔着云、隔着雾。她是在回忆什么美好的时光吗？这如秋叶般枯槁的面容竟隐约现出一抹笑意来了。

对了，对了，三年前被一顶花轿从淇水那边抬过来的新娘正是眼前这位姑娘。那时她笑靥如花，那时她身披霞光，那时她娇艳明媚是村里人最心爱的小女儿。她被对岸的小伙子所吸引，一匹丝布便定了终身。家中老人那般劝阻，却还是挡不住她如飞蛾扑火一般嫁给了自己心目中的爱情。

无奈，兄长抬着花轿送她出嫁，年迈的姥姥一路轻唱着《桃夭》祝歌。纵使不愿，却也还是拗不过她。盖头下尚年幼的女孩儿，赌气般幻想着婚后幸福的生活，天真烂漫，尚不知愁滋味。

他们相识得那样早，“妾发初覆额，折花门前剧。郎骑竹马来，绕床弄青梅”。两小无猜的时光里，谁也不知道是什么时候动的心。是那次他故意把秋千推得老高，然后抱住害怕得快哭出来的她之时吗？是那一年洪水泛滥，他绕了几日的路辗转过河，在院外偷偷敲她的窗之时吗？

但又有什么关系呢，反正她确定他们相爱着。他红着脸对她许下相守一生的诺言，那一刻，她分明看见对方眼中的自己，笑容如春日桃花，甜得可以滴出蜜来。

这样就足够了呀，哪怕他傻傻的不请媒人就亲自登了门，哪怕他对自己延迟婚约一事忿忿于怀，不听解释便气冲冲走掉；哪怕家人用古语一遍遍劝阻，她还是丝毫不曾怀疑他们的爱情。

终于等到那个秋天，她早早梳妆打扮在约定的地方等待，虽然车马行缓他迟了许久才到，可终究他来了呀，他终究没有怪自己愆期啊。就这样，尔以尔车来，吾以吾贿迁。她为他着一身凤冠霞帔，燃一次彻夜的凤凰花烛。

新婚的日子是浪漫的，哪怕夙兴夜寐有着忙不完的家事：织布的时候想着他穿上新衣的帅气模样，酸乏的手便有了用不完的力量，木梭翻飞穿行如灵动的雨燕；一日三餐，呛人的油烟慢慢熏黄了她如花面容，可是只要看到他耕作归来狼吞虎咽的样子，她便心满意足地盘算着如何把这平凡的食材做出更多的花样来；公婆年纪大了难免挑剔唠叨，她却想着他们辛勤养育了自己的丈夫，侍奉得更加尽心了……

说也说不清，究竟是什么令这花一样的女孩儿迅速衰败，她站在秋日淇水边，身子瘦弱得仿佛连薄薄的单衣都撑不起来；黯淡的眼眸毫无生气，枯黄的面容哪里还看得出当日的痕迹。她出神地盯着眼前壮阔的水波，好像要一直看到水枯石烂才肯罢休。

秋风突然加快了节奏，变得迅猛而凛冽，直刮得女子一个踉跄，险些跌进水中。她略稳一稳心神，终于从神游中醒来。她举目看向四周，仿佛很奇怪自己为何身在此处。然而这陌生感转瞬即逝，她马上意识到发生了什么，神情跟着西风一道越来越冷。她竟然不假思索下水了，虽然这河水刚刚没过脚踝，虽然这石桥建在河道最狭窄的拐角，可是晨起露水沾衣尚惊得人一阵冷战，更何况是这即将入夜的淇水。

罢了，罢了，流水一般的时光里，心早就冰冷似铁，又哪里会在意这么一点儿凉意。

那一天傍晚，婆婆又在丈夫面前抱怨她懒，向来沉默无言的他突然爆发了，几乎是冲进灶房破口大骂，若不是小姑拦着，说不定那日就会动手吧。可怜她忙完晚饭便在此烧水打扫，自己做的饭都还不曾吃上一口。看着他因暴怒而变形的面孔，她在暖和的六月突然觉得从心底涌起一股寒意，不由得抱了抱双臂。

她很快意识到这不过是个开端，他的脾气越来越急躁，不是嫌弃葛布太粗糙就是挑剔饭菜不合胃口，他几乎每一日都在暴跳如雷，言辞越来越尖酸刻薄，如锋利的刀刃在她心头划出无数血淋淋的伤痕。后来居然还对她动手了，额头撞在桌角上留下的伤疤至今还隐约可见。

一开始她并不明白为什么突然他像变了一个人似的，年节时还会在兄长面前一边抱怨一边怀念从前。可从小就疼爱她的兄长竟只会嘲笑她，说着些毫不相关的题外话。那一日他愤怒之下撕碎了定亲时赠予她的丝帛，望着满地的狼藉，她的耳边突然回响起姥姥喃喃的叨念：

“桑之未落，其叶沃若。于嗟鸠兮，无食桑葚。于嗟女兮，无与士耽。士之耽兮，犹可说也。女之耽兮，不可说也。”

曾以为这不过是荒谬的戏言，此刻却深知这是颠扑不破的格言。“士之耽兮，犹可说也。女之耽兮，不可说也。”他早就从当日的爱情游戏中全身而退，变成了威风凛凛的丈夫，她却沉溺在浪漫的幻想中不愿醒来，还以为这辛苦忍耐是爱情的附属品。他所求的不过是一个妻子一个家庭，她却理解成了非他不可的携手白头。

后来他竟然堂而皇之地跟她讨论送什么礼物给邻家女，她早已不知心痛、愤怒为何物，拿到一纸休书的那天，她心里竟暗暗松了一口气。散了吧，既然不是爱情，又何必把自己苦苦折磨。收拾行李时才发现自己所有的，居然还是出嫁时带来的那两套衣衫、一副耳环而已。

秋已深啦，桑叶黄啦，鸟鸣早就歇啦，离去吧，离去吧，云胡不喜？

“于嗟女兮，无与士耽。士之耽兮，犹可说也。女之耽兮，不可说也。”要说多少遍，年轻的女孩们才会相信呢？

她缓慢而坚定地蹚过这淇水，衣裙被秋水打湿，好像在流着泪。突然就想起曾经对自己许诺的那个憨厚男子，那一刻他紧张得手都不知应该往哪儿放，轻声说着“执子之手，与子偕老”的誓言。那一刻他总该是真心的吧。

她何尝不想与他共白头，谁知道她在漫漫长夜里多少次憧憬着美好的未来，院中葡萄渐爬藤，她何尝不想与枕边人年年共七夕？可这淇水如此浩瀚，也依旧有边际；这蒹葭如此苍茫，也终将随风散去；更何况是这短暂人生中的短暂爱情呢？

曾经心爱的人啊，愿只愿你努力加餐饭，一生顺遂平安。

既然已不可挽回，索性就不再挂怀。女子一改来时的脚步沉缓，目光坚定大步向前，像是已经卸下了心头的重负，要一路奔向光明的未来。爱便爱得轰轰烈烈，散便潇潇洒洒散去，果然还是村里单纯明媚的丫头呀。

归来吧，归来吧，来年春风起，桑叶又勃发，爱情的青鸟呵，总是偏爱美好的姑娘。

归来吧，归来吧，家中炊烟升，热汤已沸腾，亲爱的孩子啊，故乡是你永远的家。

但见新人笑，哪闻旧人哭
——《小雅·谷风》

小雅·谷风

习习谷风，维风及雨。将恐将惧，维予与女；将安将乐，女转弃予！

习习谷风，维风及颓。将恐将惧，置予于怀；将安将乐，弃予如遗！

习习谷风，维山崔嵬。无草不死，无木不萎。忘我大德，思我小怨。

在爱情里，初见无疑是浪漫的，恋爱自然是甜蜜的，若能与心上人结成连理，当然会令人喜上眉梢。有时甚至会觉得，就连离别相思的苦涩中，也因怀有重逢的希望而隐隐透出光来。漫漫长夜里有那么一个人可以用来想念，有那么多美好的时光可以拿来回忆，总归是好的。

然而当红颜老去、最初的新鲜感渐渐消失，多少所谓的良人都会二三其德，情意转圜。这世间，多少男子都是只可共患难不能同富贵的负心人，都是但见新人笑，哪闻旧人哭的轻薄儿。这世间，多少女儿似水，生来柔情，偏偏总是被无情所扰，终究把一片痴心错付。

因而在这些缱绻飞扬的小情歌之外，《诗经》中还存在大量弃妇诗，它们或哀婉，或悲戚，或怨愤，如乌云、如闷雷、如玉碎，读来总让人心生不忍。

也许，从某种定义上来看，这些由女性唱出的和着眼泪的诗，皆为爱情的葬歌，是极度失望之后遗存的最后一丝绝响。它应该属于惨烈的情歌，唱给自己死去的爱情，唱给那些耽于爱情的少女。

《谷风》中的女子正是如此，不幸遇上了负心人，她陪他走过昔日的艰难忧患，他却在将安将乐之时将她遗弃山谷。谷中大风猎猎呼啸不停，直刮得大雨起天地暗，直刮得草木凋零高山欲倾，她独自在这山谷中，连号哭都湮没在风声里。仿佛世间所有的悲哀，都是她一个人的事情。

这首诗歌读来就让人胸中郁愤难平，千万种情绪压在心底难以排解。唯愿风渐歇雨渐止，愿她坚强平稳度过劫难，愿她收回错付的芳心，从荆棘之上低谷之中开出骄傲的花朵来，孤芳自赏，遗世而独立。

他是父亲最得意的学生。父亲说，英雄不问出处，他现在虽然清贫，将来一定会大有作为。婉儿你嫁给他，不会一直吃苦的，况且为父自然会多多帮扶你们的。

她生在深闺，锦衣玉食地养大，其实对贫穷根本就没有概念。父母之命不可违，何况她躲在屏风后面看过，他温润儒雅，是个翩翩公子，讲学时口若悬河自是风度翩翩，倒像是自己所幻想的郎君模样。于是就这样嫁了吧。左不过是换下绫罗着布裳，饮食粗糙些，屋子狭小些而已，若得有情郎，这些又算得了什么呢？

她终于知道为何父兄要坚持给她如此齐备的嫁妆了，她觉得眼前的房子，顶多算得上四面墙壁而已，除此之外空空如也。屋顶破落，抬头就可以看见满天星辰，一层喜被甚至都挡不住墙缝里灌进来的风。只有两根细细的红烛，火焰在风中剧烈地摆动，似乎随时就要熄灭，这就是属于她的洞房花烛。

嫁乞随乞，嫁叟随叟，更何况他是真的温柔体贴。

她摘去钗簪，一块葛布包住头发，将家里从里到外打扫一遍，他抢着扫地、担水、糊窗，脏活累活都抢着做。她十指纤纤，从来不曾进过厨房，摆在桌上黑乎乎的东西连自己都不敢下筷，他却吃得津津有味，认真地说都怪自己把火烧得太旺。

她坐在窗下缝缝补补，他便在一旁抄写经书补贴家用。最困难的时候，他也愿意把唯一一件长袍披在她身上、愿意把仅有的一碗米粥送到她嘴边。

全世界好像就剩下他们两个人可以彼此依靠，虽然饥寒贫困，她却甘之如饴。因为她坚信，身边这个连做梦都在许诺让她过上好日子的人，就是命定的爱情，她从来都没有一丝一毫的怀疑。

宁愿相信，当时的他也怀有一样坚定的信念。毕竟，在自己最落魄最贫困的日子里，一个娇滴滴的千金小姐，居然愿意为他洗手做羹汤，为他低到尘埃里。

在爱情开始的时候，谁也没想过要背叛要抛弃，谁都以为身边的人是唯一，以为自己的爱是永恒。

他的仕途越来越顺，步步高升。房子换了好几处，侍女接下了她所有的活计，指甲慢慢长起来了，她又穿上了华美的衣裳。

起初，除了忙一些，他并没有什么变化，他总是尽快从宴会上回家，陪着她说话。他把每一天的所见所闻仔细说给她听，他总是亲自替她挑选衣服首饰，偶尔还会缠着她下厨，说是怀念以前的味道。

她一度觉得在更舒适的条件中，他们的爱情似乎更坚定了。帐内挂着他为她画的小像，佳人执松柏，遗世而独立。他问她为何偏爱松柏，她说喜欢它们凌驾于风雪之上的傲气，如果可以的话，自己下辈子也要做常青的松柏。

不料，一语成谶。

七年来每一个黄昏，她都站在松柏旁静思，有时候在看西天的落日，有时候在看归巢的倦鸟，更多的时候只是站在那儿，听一阵松涛而已。她恍惚觉得，自己脚下已经快要生根了，她愿意扎根在这山谷里。

当初极端的愤怒、滔天的愁怨已经快要被遗忘了，只是当山谷中大风起，心总是会隐隐约约地疼上一阵。若不是好心的侍女一路跟随并且救下重病的自己，或许她的尸骨早就烂成泥土，生出幽怨的荆棘来了吧。哪能像现在这样，平静地倚着修竹、听着松风、簪着新开的花儿。

父亲过世，她着实伤心了好久，那个教给她诗书礼仪、抱着她看元宵花灯、为她精心择婿的慈父离去了，世上便再没有人会不图回报、不计付出地疼她宠她了。

作为她父亲最骄傲的弟子，一开始他的确很伤心，经常安慰着她自己也会忍不住流泪。可是渐渐地他便缓过来了，应和酒宴之事慢慢都恢复了，只有她念念不忘、忧思成疾，沉浸在自己的悲哀中，对什么都提不起兴趣。

他就是在这样的情况下将妖娆的歌女带回家，西院里的丝竹声整夜不断，搅得人辗转难眠。

病去如抽丝，她在床榻上躺了近三个月，他就来过一次，说姑娘年轻美好，不能无名无分委屈了人家。

谁没有年轻过？她在最好的年纪里，上山采薇下河浣衣，冬日里水冰冷刺骨，皲裂流血，伤口至今还留有浅浅的痕迹。她有最美好的容颜，青丝用一根木簪便绾起，珥珰都为他换了笔墨，后来首饰满妆奁的时候，她竟然在铜镜里看见了一根白发。她何尝不是一颗真心捧到他面前，任凭他冷落、疏远，甚至侮辱、移情。

当那个妩媚的女子再次炫耀夫君所赠的凤头钗时，她压抑了许久的情绪突然间就爆发了，夺过那支簪子，狠狠地摔在地上，踩得一塌糊涂。女子尖锐的哭喊、丈夫粗鲁的责骂，她似乎听不见。但“休妻”二字太过尖锐，几乎是闯进她的耳廓来，刺得人脑仁疼。

年轻的姑娘如此美好，全部的宠爱、尊贵的身份都要给她才好。夫婿原本就是轻薄儿，患难已过，哪里还记得当初的承诺。新人美如玉，他又怎么可能在乎旧人的哭泣？

她烧得昏昏沉沉，简直就是被飞沙走石的大风砸醒的，她像一件物品，被弃置在山谷里。四面高山上都是参天的林木，谷中却被狂风搅扰得寸草不生，连她刚出口的号哭，都被风扯碎，重重掷在地上。心如死灰，她闭上眼睛的那一刻，的确是准备放弃生命的。

所以她完全不知瘦弱的侍女是如何把她拖到这茅屋中来的。这女孩子不过是在其父母双亡时，她帮忙安葬双亲，并收留的一个可怜人而已。没想到这份感情竟比她视为生命的爱情还要可靠，没想到一个几乎陌生的人儿居然比十年的枕边人还要真心，她不想辜负小女孩眼中期待的光芒，就这样喝下草药，从鬼门关转了回来。

她竟比侍女更能适应贫穷，修补茅屋、播种稻谷、纺织葛麻，只看得小女孩惊呆了。她嘴角上扬的时候脱口而出："从前刚嫁给他的时候，天天都是这样过来的。"沉默，沉默，她尴尬地笑笑，哪里有什么从前可言了。

根本无从知晓究竟是何时何地放下了心中的执念，栖身的山谷中林木青青水流浅浅，看得多了也就忘记了俗世的烦恼吧。你看那太阳日复一日地升起，你看那花儿年复一年地开放，中间多少人的故事在发生呀，谁又能保证每一个都是幸福快乐的呢？从山顶眺望的时候，只觉松海苍茫，你看这山峦绵延起伏，你看那河流奔腾东流，天地浩大，个人的喜忧又算得了什么呢？

不如忘了吧，随风散了吧。

为何要为错误的人执拗一生？日将暮，倦鸟还，该回家点燃炊烟了，如今她可是能够做出一桌好菜了。

大好的时光里，为何不好好活着呢？

锦水汤汤，与君长诀
——《小雅·白华》

小雅·白华

白华菅兮，白茅束兮。之子之远，俾我独兮！
英英白云，露彼菅茅。天步艰难，之子不犹。
滮池北流，浸彼稻田。啸歌伤怀，念彼硕人。
樵彼桑薪，卬烘于煁。维彼硕人，实劳我心。
鼓钟于宫，声闻于外。念子懆懆，视我迈迈。
有鹙在梁，有鹤在林。维彼硕人，实劳我心。
鸳鸯在梁，戢其左翼。之子无良，二三其德。
有扁斯石，履之卑兮。之子之远，俾我疧兮。

【二〇七】

你看这郊野白茫茫一片全是割下的芦芒，顶端细密的小花太过繁盛，猎猎作响仿佛就要乘风远去，这纤弱的菅草似乎马上就要被带上天际。幸而有那白茅紧紧捆着它，相互扶持稳稳站立在大地上，静静等待农夫前来带它们回家。茅草尚且相依相偎，你为何疏远离弃你的妻？使我独自一人容颜老去，使我独自一人颠沛流离。

朵朵白云飘过来，丝丝甘霖降下来，菅茅受润长起来。为何我的命运如此艰难，那枕边人儿远不如白云，甜言蜜语何曾把我滋养？

滮池水啊一路向北流淌，将那稻田灌溉，一望无垠都是让人喜悦的金色海洋。奈何心中悲伤太重无法消解，号哭而歌，长啸伤怀，为何还忘不掉那薄情的硕人？

桑树啊它原本是烧饭的好柴薪，此刻却被空烧行灶来暖身，高大健壮的男子啊，既已令我流离失所正如这桑薪，又何苦来扰乱我的心？

宫中照旧敲响那青铜大钟，纵使行得远，依稀可以听见雄浑的钟声。多少次你对我暴躁恨怒，我为何还想你想得忧愁不安？

那像鹤的秃鹙站在水坝边吃得肚皮浑圆，那真正的鹤却被迫在幽林中独食风雪。世间只有你一人，能令吾心如此烦忧。

水边鸳鸯成双对，把嘴藏在翅膀下休息，一派静谧闲适。曾经你我也戏比为鸳鸯，可谁又曾料到你会三心二意，把结发之妻狠心抛弃。

扁扁石头地上边，身虽低贱却是青云梯；为何踩过便狠心离去？你为何疏远遗弃我，使我悲伤使我忧思成疾？

《小雅·白华》历来都被认为在写申后之怨，那位烽火戏诸侯、只为博得美人一笑的周幽王，既然已经得到了他心中所爱的褒姒，自然会对其发妻申后冷眼相待。申后的遭遇与诗中弃妇如此相似，被人疑为此诗的作者，似乎也说得通。

若是抛开与时代背景相关的种种联想，单论诗歌，这也是一篇贵族弃妇自吟自唱的佳作。诗中被驱逐的女子且行且思，且怨且恨，复杂的情感搅得她心神不宁，一路上所见所闻的事物全都让她想起那个负心人。

一连串的起兴手法，将男儿的凉薄和女子的痴情展现得淋漓尽致。读来只让人心生凄楚、心生愤懑，不自觉地想替她高呼“朱弦既断，明镜缺残；汝既非良人，何必伤别离？不若锦水汤汤，与君长诀吧”。

然而如卓文君一样敢爱敢恨的女子，又有多少呢？

那一日家中举行盛宴，前来拜访的客人络绎不绝，她卓家乃是临邛第一豪族，如此场合自然是一派精致奢华的景象。天色尚明，堂中数不清的烛火便尽数点亮，照得那雕花的梁柱、金银的餐具、琉璃的地砖皆是灿灿生辉。父亲特意从京中请来的厨子从清晨忙到傍晚，精美的菜肴流水一样传上桌来，香气缭绕，远远望去好似云蒸霞蔚一般。

八宝野鸭、生烤狍肉、雪月羊肉都不过是寻常，最令人称奇的却是那一碗清汤，只不过虚浮着几片白菜几许葱花，似乎和这奢华的豪门宴席格格不入，然而它清甜的香味却丝丝缕缕径直钻入心扉，细品才知，其中有桃花的甜软、荷露的清爽、金桂的醇香，如松针上的雪水般沁人心脾，简简单单，却包含四季的味道。

她在水墨屏风后、层层纱幔笼罩的内厅中，对这一盏清汤爱不释手。外堂上再热闹，也不过是些奉承讨好的俗论，本就是污耳之音，更不会与她这孀居妇女有任何关联。她自小性子清冷孤高，之所以静坐在此，不过是想看一眼才名赫赫、怀抱绿绮的司马长卿。

早就听闻梁王所藏那张古琴，琴身乃千年梧桐雕镂而成，琴弦更采用了极为珍贵的冰蚕丝，镶嵌在琴身外侧的徽，则为十三颗天然浑圆的绿松石，其色悠悠，一如隐在树林深处的清泉，遂名之曰绿绮。

风拂过尚有细细龙吟声，若是得遇伯乐，还不知会有怎样的天籁之音。梁王附庸风雅，视之为珍宝，却终究不是知己，不过是一层层锦罗绸缎包裹，束之高阁罢了。父亲替她求了几回，始终不得。

后来听说他竟把此琴赐予司马相如，她虽喜欢他的辞赋，却不知其琴艺如何，满心担忧绿绮会不得其主。当兄长偶然提到他会来赴宴时，她便知道在这样的场合，一定免不了有人请他弹奏绿绮。

卓文君自小聪敏过人，诗文过目不忘，琴棋书画无一不通。跟那纨绔浪荡的兄长相比，她才应该是卓家的骄傲，奈何，奈何偏偏是女儿身。父亲卓王孙虽然钟爱这个女儿，偶尔在人前夸耀她的才学，却根本不可能允许她外出求学，允许她以诗文会友，她只不过是一颗藏在宝匣内不见天日的明珠。

飘忽的思绪是被一声春雷惊醒的，紧接入耳的便是淅淅沥沥的雨声，雨打在屋檐上、雨落在芭蕉上、雨滴落在青石路溅起朵朵水花。她四顾茫然，怔怔良久，才反应过来是他在弹一曲《阳春白雪》。

倏忽雨停，乌云散，春阳现，一声清脆的鸟鸣划过晴空。你听那山巅雪化，河中冰破，水从密林一路流到城镇；你听那鸟语繁密，枝叶扶疏，渐闻犬吠、渐闻人声。细微处，更有那树树繁花次第盛开的声音。

她被琴音带领着，情不自禁走到屏风处，掀开了角落一层薄薄的轻纱，迫不及待想要看看那是怎样一个妙人儿，居然能奏出这般生动的乐章。不承想，那一身白衣的翩翩君子，竟然也在看她，手像被烛泪烫到，猛地把纱帘摔下。

这位儒雅的公子不正是自己梦中所见的良人吗？

【三一】

父亲为何执拗地把她配给一介武夫？人们为何要说是她克死了自己的夫君？为什么没有早早地遇到眼前这个他？

她步伐慌乱，思绪纷杂，根本控制不了自己汹涌澎湃的情感啊。

琴音定，陡然又起，他竟然换了一支全新的曲子，且弹且唱：

凤兮凤兮归故乡，遨游四海求其凰。
时未遇兮无所将，何悟今兮升斯堂！
有艳淑女在闺房，室迩人遐毒我肠。
何缘交颈为鸳鸯，胡颉颃兮共翱翔！
凰兮凰兮从我栖，得托孳尾永为妃。
交情通意心和谐，中夜相从知者谁？
双翼俱起翻高飞，无感我思使余悲。

一字一句，她觉得整个世界安静得只剩下自己的心跳，如疾驰的骏马，重重地踏在石板路上，马蹄声嗒嗒。她好像在燃烧，她似乎要爆炸了。她不知自己怎么回到了闺房，不知手中的纸条是怎么送来的，不知为何这句“凰兮凰兮，可愿从凤归？”让自己颤抖不止。屋内燥热难耐，秋夜月色凉如水，不如出去吧。

她至今仍记得那一夜他的怀抱，温润如玉，让她瞬间就安静下来了。她总是不自觉想起他们一路私奔，行至成都，在那徒有四壁的家中相顾大笑。她喜欢回忆那些当垆卖酒的日子，熟悉的乡邻管她叫司马夫人，她总是骄傲地高声回应。他们去乡间收新稻，去林间扫落松，在那小小的屋子里烹煮佳酿，他最爱松叶酒，醉后诗兴大发，往往促成绝佳辞赋……

父亲脸色铁青地送来钱财，自此她再也不用抛头露面。

长卿以一篇《上林赋》得圣宠，封郎官，自此她便常在一盏孤灯下等他归来。

虽然他越来越冷漠，一言不合便大发雷霆，可是她从来没有想过，他会如此直白地对她说，“欲纳茂陵女为妾”。他面上没有丝毫的愧疚，昔日的温情早已消散殆尽，她只觉得可笑。自己以孤孀身份星夜出奔，为了他宁愿与家庭决裂。过往种种，她只觉可悲，一曲《凤求凰》便动了心，哪知多情才子最是薄情。

她应该是老了，否则怎会刚饮了两杯便醉了，纸笔都拿不稳了。千言万语哽在喉头，凝成一首《白头吟》：

皑如山上雪，皎若云间月。

闻君有两意，故来相决绝。

今日斗酒会，明旦沟水头。

【二一三】

蹀躞御沟上，沟水东西流。

凄凄复凄凄，嫁娶不须啼。

愿得一心人，白首不相离。

竹竿何袅袅，鱼尾何簁簁！

男儿重意气，何用钱刀为！

不够，不够，心中的委屈还没说，心中的愤怒还未抒，号哭此诗怎么足够？

朱红雕窗外，明月清冷，华服女子饮了一杯又一杯，身姿纤弱盈盈不堪一握，那手中的笔颤动得几乎要掉落，眼神却坚毅得叫人害怕，她走笔不停，大概是在宣泄着满怀的愁怨吧。她在写些什么呢？月儿好奇，转过朱阁，探头去看那书案。白纸黑字甚是分明，朵朵晕开的行草像是美人腮边落下的泪：

朱弦断，明镜缺，朝露晞，芳时歇，白头吟，伤离别，努力加餐勿念妾，锦水汤汤，与君长诀！

月轻叹，她在梦里为何也皱眉？

图书在版编目（CIP）数据

所谓伊人，在水一方：《诗经》里的小情歌 / 周小蕾著．—北京：现代出版社，2017.4（2021.5重印）

ISBN 978-7-5143-4709-8

Ⅰ．①所… Ⅱ．①周… Ⅲ．①散文集 - 中国 - 当代 Ⅳ．① I267

中国版本图书馆 CIP 数据核字（2016）第 070526 号

所谓伊人，在水一方：《诗经》里的小情歌

作　　者　周小蕾
责任编辑　赵海燕
出版发行　现代出版社
通信地址　北京市安定门外安华里 504 号
邮政编码　100011
电　　话　010-64267325　64245264（传真）
网　　址　www.1980xd.com
电子邮箱　xiandai@vip.sina.com
印　　刷　永清县晔盛亚胶印有限公司
开　　本　710mm × 1000mm　1/16
印　　张　14
版　　次　2017 年 4 月第 1 版　2021 年 5 月第 4 次印刷
书　　号　ISBN 978-7-5143-4709-8
定　　价　36.00 元